DIDIER CONVARD GILLES CHAILLET

VINCI

I - l'Ange Brisé

PARTICIPATION À L'ENCRAGE : MARC JAILLOUX
COULEUR : CHANTAL DEFACHELLE

Glénat

Je vous ouvre, messire... Je vous ouvre sur-le-champ. Il n'est guère aimable de faire patienter Sa Majesté, n'est-ce pas ?

Un soir de novembre 1519...
L'abbaye cistercienne de Vauluisant, entre Bourgogne et Champagne.
L'abbé Antoine attend son hôte à la bibliothèque. Mais Sa Majesté préfère-t-elle d'abord se délasser et prendre une collation ?
Le roi a demandé qu'on le conduise immédiatement auprès du père abbé.

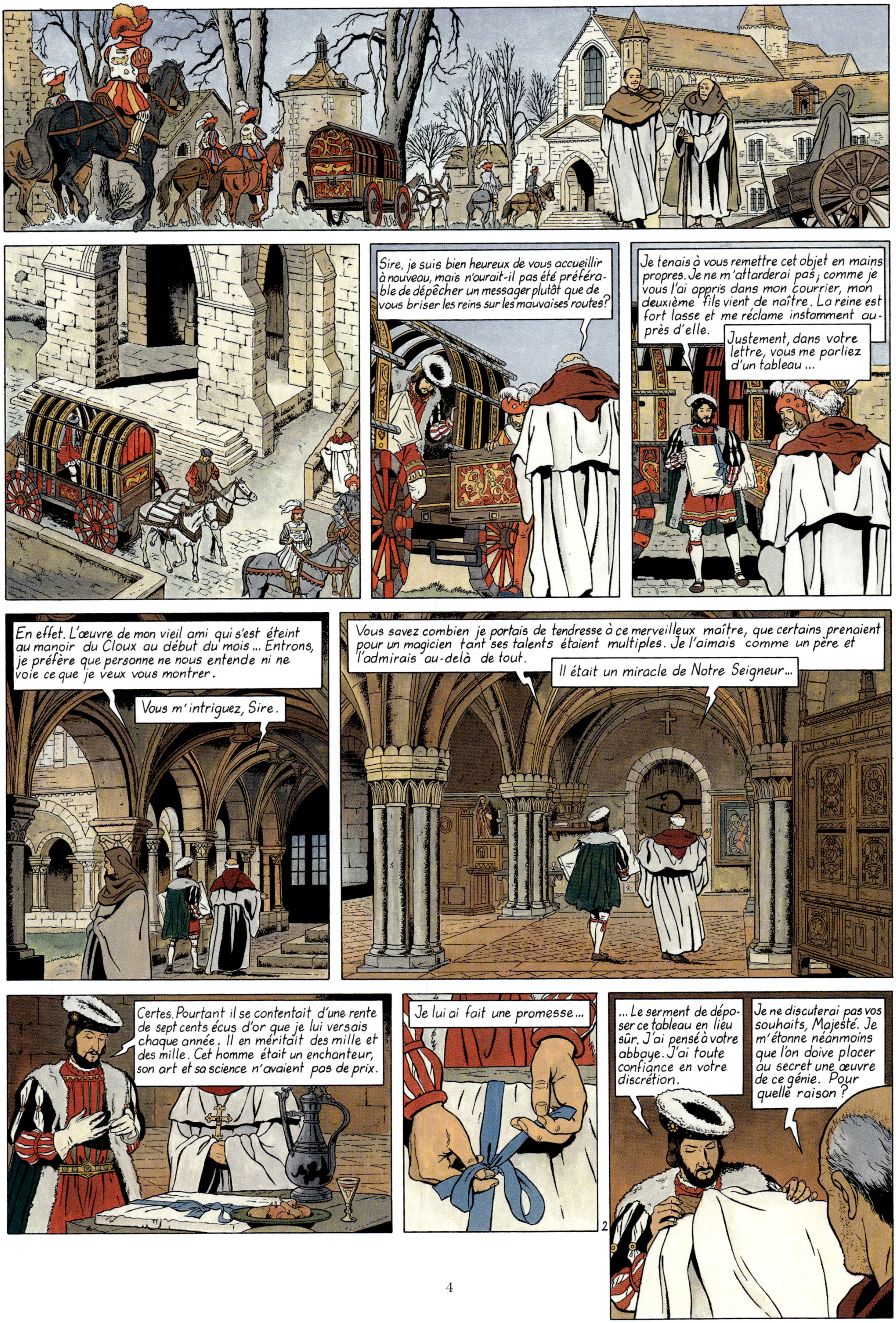

Sire, je suis bien heureux de vous accueillir à nouveau, mais n'aurait-il pas été préférable de dépêcher un messager plutôt que de vous briser les reins sur les mauvaises routes?
Je tenais à vous remettre cet objet en mains propres. Je ne m'attarderai pas ; comme je vous l'ai appris dans mon courrier, mon deuxième fils vient de naître. La reine est fort lasse et me réclame instamment auprès d'elle.
Justement, dans votre lettre, vous me parliez d'un tableau ...
En effet. L'œuvre de mon vieil ami qui s'est éteint au manoir du Cloux au début du mois ... Entrons, je préfère que personne ne nous entende ni ne voie ce que je veux vous montrer.
Vous m'intriguez, Sire.
Vous savez combien je portais de tendresse à ce merveilleux maître, que certains prenaient pour un magicien tant ses talents étaient multiples. Je l'aimais comme un père et l'admirais au-delà de tout.
Il était un miracle de Notre Seigneur...
Certes. Pourtant il se contentait d'une rente de sept cents écus d'or que je lui versais chaque année. Il en méritait des mille et des mille. Cet homme était un enchanteur, son art et sa science n'avaient pas de prix.
Je lui ai fait une promesse...
... Le serment de déposer ce tableau en lieu sûr. J'ai pensé à votre abbaye. J'ai toute confiance en votre discrétion.
Je ne discuterai pas vos souhaits, Majesté. Je m'étonne néanmoins que l'on doive placer au secret une œuvre de ce génie. Pour quelle raison ?

La raison ? Vous allez la comprendre bientôt.
Seigneur, quelle horreur ! Quelle chose hideuse !
Est-ce bien lui qui a commis cette abomination, Sire ? S'agit-il réellement de lui ?
Si vous saviez, mon père... si vous saviez, vous prendriez cette peinture pour sa plus belle réalisation. La plus sincère, aboutie au point d'être plus vraie que la réalité elle-même, car il y a jeté toute son âme.
Le sujet, Sire... Un esprit sain ne peut imaginer une telle laideur !
Cette laideur ne s'imagine pas, elle se vit. Elle est une malédiction que l'on subit en martyr.
Vous cacherez ce tableau en prenant soin que le temps ne le corrode point. Qu'il demeure en l'état comme la relique d'une sainte. Mais surtout, que personne ne pose jamais les yeux dessus.
J'y veillerai, Majesté.
Vous êtes un ami, l'abbé, et je me fie à votre parole. Cette peinture clôt le dernier chapitre de l'existence du plus grand génie de tous les siècles. Refermons le livre de sa vie et prions pour qu'il repose en paix. Il a éclairé notre temps et mérite la sérénité éternelle.
Cependant, le sujet... le... le modèle ?
Oui, bien sûr... Je vous demande de ne révéler à personne l'histoire que je vais vous conter.
Mes lèvres resteront closes.
Il nous faut remonter au rude hiver de 1494 qui figea Milan dans la neige et la glace... L'année de ma naissance ! C'est à croire que le Destin a voulu que j'entre en scène pour être un jour à l'épilogue de cette tragédie.
INRI

Car il s'agit effectivement d'une tragédie qu'aucun chroniqueur ne devra jamais connaître. Faisons-la débuter sur le canal Martesana ...
Milan la superbe avait oublié la peste qui l'avait ravagée quelques années plus tôt et s'était remise à briller de tous ses fastes grâce à son duc, Ludovic Sforza, le More...
Sait-on quand la glace a figé le canal ?
Un chien aurait aboyé et réveillé un riverain vers minuit. Celui-ci lui aurait crié dessus de sa fenêtre, il est certain que le canal n'était pas encore pris.
Donc l'homme est tombé ou a été jeté dans le canal entre minuit et le moment où il a été découvert, c'est-à-dire à sept heures.
4

Ce matin de décembre, un cadavre avait été découvert sur le bord du Martesana. Le prévôt Vittore qui dirigeait alors les services de police fut immédiatement mandé sur les lieux.
Un ivrogne? Que faisait-il torse nu par un froid pareil ?
Je crois plutôt qu'on l'a sorti de chez lui après l'avoir agressé. Regardez, Menanzzo, cette petite plaie sous l'omoplate.
Oui, on lui a percé la poitrine à la hauteur du cœur. Ce n'est pas le travail d'une lame. Un poinçon ?
Aidez-moi à le retourner. Les voisins le reconnaîtront peut-être s'il est de leur paroisse.
Nom de Dieu! On dirait que ... !
C'est... C'est épouvantable !
5

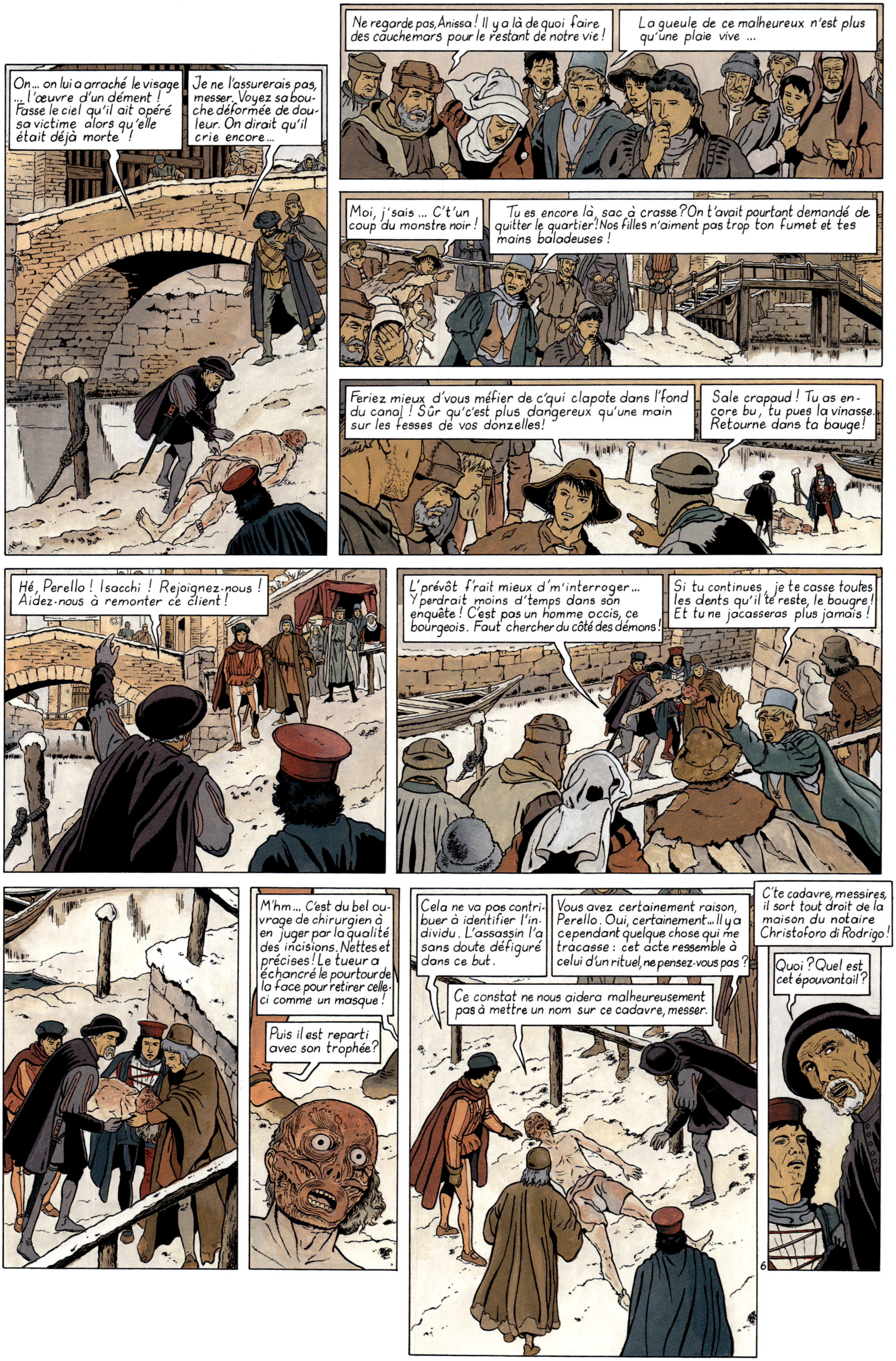
Ne regarde pas, Anissa ! Il y a là de quoi faire des cauchemars pour le restant de notre vie !
La gueule de ce malheureux n'est plus qu'une plaie vive ...
On... on lui a arraché le visage ... l'œuvre d'un dément ! Fasse le ciel qu'il ait opéré sa victime alors qu'elle était déjà morte !
Je ne l'assurerais pas, messer. Voyez sa bouche déformée de douleur. On dirait qu'il crie encore...
Moi, j'sais ... C't'un coup du monstre noir !
Tu es encore là, sac à crasse ? On t'avait pourtant demandé de quitter le quartier ! Nos filles n'aiment pas trop ton fumet et tes mains baladeuses !
Feriez mieux d'vous méfier de c'qui clapote dans l'fond du canal ! Sûr qu'c'est plus dangereux qu'une main sur les fesses de vos donzelles !
Sale crapaud ! Tu as encore bu, tu pues la vinasse. Retourne dans ta bauge !
Hé, Perello ! Isacchi ! Rejoignez-nous ! Aidez-nous à remonter ce client !
L'prévôt f'rait mieux d'm'interroger... Y perdrait moins d'temps dans son enquête ! C'est pas un homme occis, ce bourgeois. Faut chercher du côté des démons !
Si tu continues, je te casse toutes les dents qu'il te reste, le bougre ! Et tu ne jacasseras plus jamais !
M'hm... C'est du bel ouvrage de chirurgien à en juger par la qualité des incisions. Nettes et précises ! Le tueur a échancré le pourtour de la face pour retirer celle-ci comme un masque !
Puis il est reparti avec son trophée ?
Cela ne va pas contribuer à identifier l'individu. L'assassin l'a sans doute défiguré dans ce but.
Vous avez certainement raison, Perello. Oui, certainement... Il y a cependant quelque chose qui me tracasse : cet acte ressemble à celui d'un rituel, ne pensez-vous pas ?
Ce constat ne nous aidera malheureusement pas à mettre un nom sur ce cadavre, messer.
C'te cadavre, messires, il sort tout droit de la maison du notaire Christoforo di Rodrigo !
Quoi ? Quel est cet épouvantail ?
6

Matteo Ucello, pour vous servir ! J'suis pas certain qu'mon nom soit l'bon. J'ai pas trop connu mon cochon de père ni ma truie de mère...
Tu viens de parler de maître di Rodrigo. D'où le connais-tu ?
C'est sa propriété, là. Pas loin d'la mienne qu'est sous le pont. On est voisins en quelque sorte ! Y m'donnait souvent une pièce. Que Dieu lui rende en l'accueillant au Paradis !
Ne l'écoutez pas, ce garçon n'est qu'une outre pleine d'alcool, un gredin à l'esprit dérangé et tordu.
Qu'il poursuive cependant. Je t'écoute, Matteo.
J'avais bien froid pour dormir c'te nuit. Vrai que je tétais un peu pour m'réchauffer. Mais j'ai quand même vu une créature noire sortir du canal et s'diriger vers la maison du notaire...
Deux heures venaient juste de sonner. La bête marchait sur ses pattes de derrière comme vous et moi, m'sieur. Elle a pas mis bien long-temps pour ressortir de chez l'notaire en portant sur son dos un gros paquet.
Voyez par vous-même : ce gosse délire !
J'en ai l'impression. Chargeons le corps dans la charrette et transportons-le à l'Hôpital Majeur où je le ferai soigneusement examiner.
Z'avez tort de pas m'prendre pour un témoin, m'ser. Puisque j'vous dis que j'ai vu un monstre tout noir de nuit. Avec un seul gros œil au milieu d'la figure.
Le monstre a jeté son barda dans l'eau et a replongé. J'croyais qu'je faisais un mauvais rêve. J'viens d'comprendre qu'le paquet était ce bonhomme sans visage...
Nous perdons notre temps à écouter les élucubrations de ce garçon.
Pourquoi j'aurais inventé c't'histoire ? J'ai pas assez d'imagination pour ça, moi !
AU SECOURS ! AU SECOURS ! À L'AIDE !
Du sang ! Du sang partout ! Plein la chambre !
7

C'est Loredana, la gouvernante du notaire.
Seigneur ! Il est arrivé malheur à mon maître. Je viens d'entrer dans sa chambre que j'ai trouvée vide... mais pleine de sang ! Du sang sur le lit, les murs !
Empêchez cette femme de voir le corps. Inutile de l'effrayer plus qu'elle ne l'est déjà. Évitons d'ajouter l'hystérie à l'horreur !
Mon dieu, que faites-vous tous ici ? Avez-vous retrouvé mon maître ? C'est lui, n'est-ce pas ? C'est bien lui ?...
Nous avons tout lieu de penser, en effet, que Christoforo di Rodrigo a été la victime d'un tueur qui s'est introduit chez lui cette nuit. Vivez-vous dans sa maison ?
Non, messer. Je prends mon service à huit heures. Je réveille mon maître pour lui servir sa collation : une tisane et du pain au miel.
Une demi-heure plus tard, il se prépare pour se rendre à son étude... Il est veuf et vit seul... Heu, vivait seul.
Je vous remercie, madame. Nous ferons sans doute appel à vous plus tard pour noter votre déposition.
Je voulais vous dire... Au sujet des pas !
Des pas ?.. Quels pas ?
Le vestibule et la chambre en étaient maculés. D'énormes empreintes boueuses... Par ma foi, ces traces-là ne peuvent pas appartenir à un homme, sinon à un géant !
D'ailleurs, seul un géant pouvait fracturer la solide porte de chêne de la maison comme cela a été fait. Avec une telle violence !
Des pas... boueux !...
Tu devrais rentrer, mon amour ; il fait si froid. Et ce spectacle est très laid. Viens, je te raccompagne.
8

Ne me laisse pas trop longtemps seule. Les heures sont lourdes quand je ne suis pas à tes côtés...
J'ai promis de me rendre cet après-midi à Santa Maria delle Grazie pour préparer mes enduits avec quatre de mes élèves. Ludovic s'impatiente.
Cela fait plus d'un an que le duc m'a passé commande de la fresque. Bramante, lui, a présenté les plans de toutes les modifications qu'il compte apporter à l'architecture de l'église.
Je ne te verrai donc pas de la journée ?
Je viendrai souper avec toi, mon amour.
Alors embrasse-moi longuement afin que je puisse t'attendre en paix.
9

10

Vos élèves sont déjà dans l'atelier, maître Léonard. Est-ce bien la peine de les obliger à venir de si bon matin pour les faire mariner ainsi dans leur jus ?
Ah, c'est toi ! Salaï l'effronté !
Salaï l'insolent, l'impertinent ! Que fais-tu là, dans ce réduit ?
Je vous attendais, en me demandant pourquoi vous ne passiez pas par la grande porte lorsque vous reveniez de vos promenades matinales...
Aurais-je des comptes à rendre à un vaurien de ton espèce ? Tiens, fais sécher mon manteau.
Oui, père.
Et cesse de m'appeler ainsi. Tu n'es qu'un voyou que j'héberge par bonté d'âme ... et parce que tu me rends d'appréciables services.
Et que je suis beau ; vous me l'avez souvent dit ! Le plus beau de tous vos modèles !... Vous ne rejoignez pas vos élèves ?
J'ai encore à faire dans mon cabinet ; je les retrouverai sous peu.
Votre cabinet ? Votre antre secret, oui ! On dit dans la ville que vous y pratiquez quelque expérience de magie.
On dit tant de choses dans cette ville ! Milan est une commère fardée... une putain cancanière qui s'enivre de ses propres ragots...

C'est à croire que le vagabond avait raison, messer. À en juger par la taille de ces empreintes, leur propriétaire doit mesurer plus de deux mètres !
Je préfère penser que l'assassin a chaussé de grosses bottes pour se déplacer aisément dans la neige...
Je n'entends rien aux affaires du surnaturel. Les fantômes ne tuent pas, Menanzzo. Par contre, les hommes le font très souvent.
Et ils s'y emploient de bien mauvaise manière. Ce tueur-là est un boucher que le sang n'effraie pas. Un boucher habile, j'en conviens !
Il a dû écorcher le visage de sa victime ici même, dans ce lit !
« Le 15 décembre 1494, vers 7 heures, on découvre le cadavre du notaire Christoforo di Rodrigo au bord du canal Martesana. Son visage lui a été volé. L'Ange se venge... La Lumière jaillit de l'Ombre. »

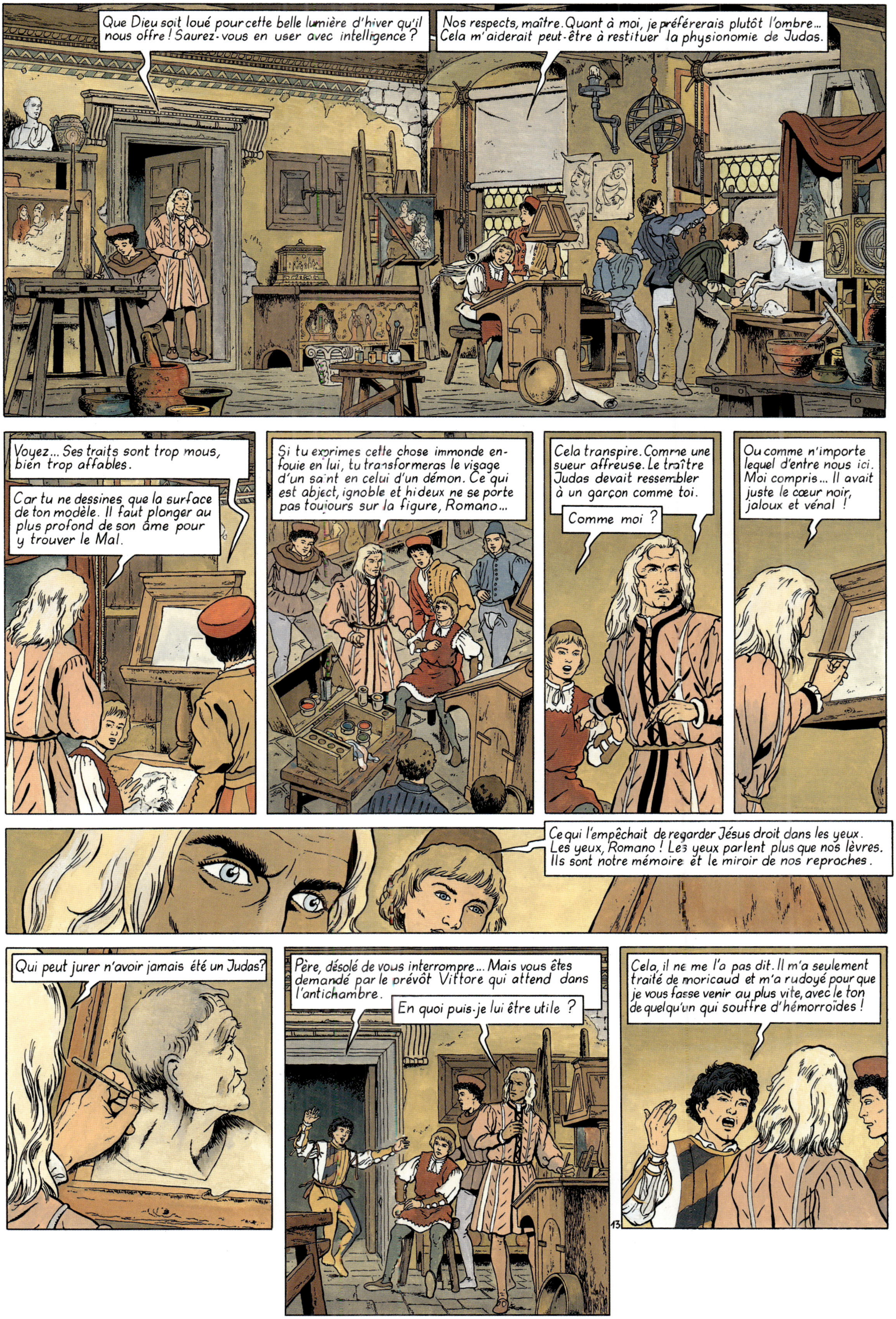
Que Dieu soit loué pour cette belle lumière d'hiver qu'il nous offre ! Saurez-vous en user avec intelligence ?
Nos respects, maître. Quant à moi, je préférerais plutôt l'ombre... Cela m'aiderait peut-être à restituer la physionomie de Judas.
Voyez... Ses traits sont trop mous, bien trop affables.
Car tu ne dessines que la surface de ton modèle. Il faut plonger au plus profond de son âme pour y trouver le Mal.
Si tu exprimes cette chose immonde enfouie en lui, tu transformeras le visage d'un saint en celui d'un démon. Ce qui est abject, ignoble et hideux ne se porte pas toujours sur la figure, Romano...
Cela transpire. Comme une sueur affreuse. Le traître Judas devait ressembler à un garçon comme toi.
Comme moi ?
Ou comme n'importe lequel d'entre nous ici. Moi compris... Il avait juste le cœur noir, jaloux et vénal !
Ce qui l'empêchait de regarder Jésus droit dans les yeux. Les yeux, Romano ! Les yeux parlent plus que nos lèvres. Ils sont notre mémoire et le miroir de nos reproches.
Qui peut jurer n'avoir jamais été un Judas ?
Père, désolé de vous interrompre... Mais vous êtes demandé par le prévôt Vittore qui attend dans l'antichambre.
En quoi puis-je lui être utile ?
Cela, il ne me l'a pas dit. Il m'a seulement traité de moricaud et m'a rudoyé pour que je vous fasse venir au plus vite, avec le ton de quelqu'un qui souffre d'hémorroïdes !

Poursuivez, et surtout n'oubliez pas : habitez vos modèles de l'intérieur ! Quant à notre Judas, Romano, nous le trouverons... Bientôt !
Comment notre maître peut-il supporter la grossièreté de cette teigne de Salaï ?
Le Vinci lui passe tous ses caprices, rembourse les bourgeois qu'il vole, ne le punit pas pour ses frasques et le traite comme un fils.
Justement, qui nous dit qu'il n'est pas son bâtard ?
Ou son amant ?
Je donnerais bien volontiers ses traits à mon Judas si je ne craignais pas de me faire renvoyer !
Vous êtes fort matinal, prévôt !
Je suis désolé de vous importuner, maître, mais j'aurais besoin que vous me rendiez un service.
S'il s'agit de musique, de mécanique, d'architecture ou de sculpture, je peux en effet vous être d'une quelconque utilité. Je gage néanmoins qu'il n'est guère question de ces disciplines.
Vous en avez oublié une... On vous dit meilleur anatomiste que le plus renommé des chirurgiens de cette ville.
Un artiste ne restitue la réalité des corps humains que s'il en connaît parfaitement les moindres rouages.
Je souhaiterais que vous m'accompagniez à la morgue pour y examiner un cadavre découvert ce matin. Je viens de l'y faire porter.
Ne disposez-vous pas de bons médecins légistes ?
Votre avis m'éclairerait, maître. L'affaire est particulière...
Soit, je m'habille et je vous suis, prévôt.

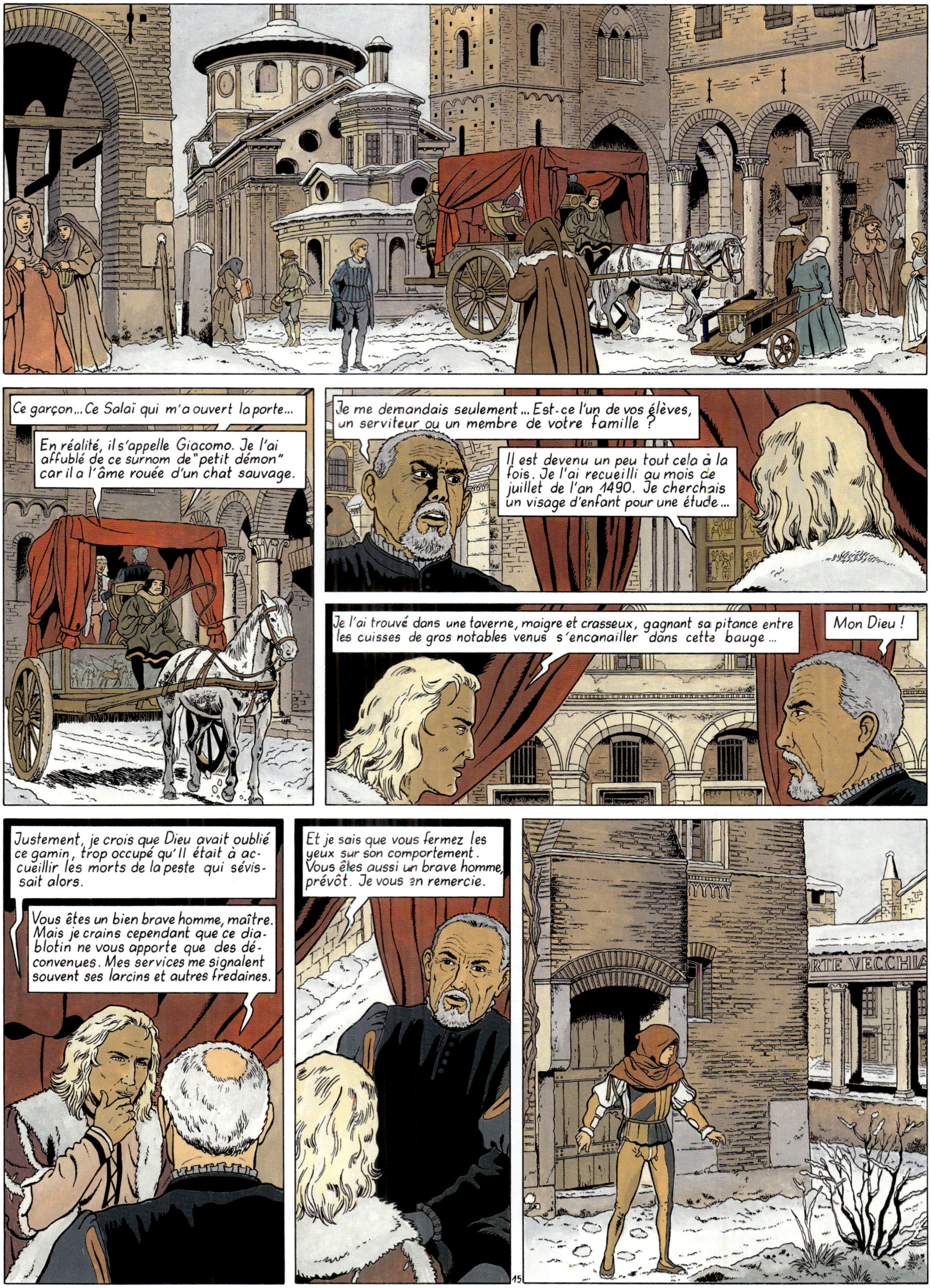
Ce garçon... Ce Salaï qui m'a ouvert la porte...
En réalité, il s'appelle Giacomo. Je l'ai affublé de ce surnom de "petit démon" car il a l'âme rouée d'un chat sauvage.
Je me demandais seulement... Est-ce l'un de vos élèves, un serviteur ou un membre de votre famille ?
Il est devenu un peu tout cela à la fois. Je l'ai recueilli au mois de juillet de l'an 1490. Je cherchais un visage d'enfant pour une étude...
Je l'ai trouvé dans une taverne, maigre et crasseux, gagnant sa pitance entre les cuisses de gros notables venus s'encanailler dans cette bauge...
Mon Dieu !
Justement, je crois que Dieu avait oublié ce gamin, trop occupé qu'Il était à accueillir les morts de la peste qui sévissait alors.
Vous êtes un bien brave homme, maître. Mais je crains cependant que ce diablotin ne vous apporte que des déconvenues. Mes services me signalent souvent ses larcins et autres fredaines.
Et je sais que vous fermez les yeux sur son comportement. Vous êtes aussi un brave homme, prévôt. Je vous en remercie.
RTE VECCHIA
15

Salaï ! Si le maître apprenait que tu me rends visite... Que tu sais !...
Ni toi, ni moi ne lui dirons ! Je voulais te prévenir, le prévôt est venu le chercher à l'instant.

Je suis désolé de ne pas partager votre avis, mon cher confrère. Remarquez la perte des substances labiales, preuve évidente d'un mode opératoire fort violent.
Je conviens que le tubercule médian a totalement disparu, mais admettez que l'outil qui a ôté ce visage n'a jamais tremblé. L'écorcheur était calme au moment où il commettait son geste.
Ah, le prévôt nous amène le Vinci ! Depuis quand un peintre donne-t-il des cours aux gens de science ?
L'homme a plus dépecé de cadavres qu'il n'a barbouillé de toiles ! Il aurait même disséqué une femme morte enceinte pour en étudier le fœtus dans son ventre.
Voici ce qu'il reste du notaire Christoforo di Rodrigo. Et je gage que nos deux estimés docteurs en sont à débattre ainsi qu'ils s'y emploient à l'Université.
Nous confrontions seulement nos thèses, prévôt. Et nous n'étions pas loin de conclure.
Permettez qu'un amateur apporte ses observations. C'est parfois de la candeur que naît la lumière !
Une lame très fine au fil à peine plus épais qu'un cheveu... Première entaille au centre du front... Geste circulaire sans reprise... Puis décolletage du derme comme on arrache la première peau d'un oignon.
Voyez son dos, aussi.
Un oignon !
M'hum... Intéressant ! Particulièrement intéressant.
Oui ?

N'importe quel assassin voulant être certain de tuer sa victime utilise un poignard ... Une arme large.
Afin de ne pas manquer le cœur, pardi !
Alors qu'ici, le criminel s'est servi d'un outil remarquablement effilé. Une alêne de cordonnier aurait fait l'affaire.
Un cordonnier !
Votre assassin, prévôt, est loin d'être un âne. Il sait manier un scalpel et situer le cœur à son endroit exact.
Nos soupçons pourraient se porter sur un médecin ?
Notre ordre ne saurait compter un tel monstre dans ses rangs !
Et pourquoi pas ? Le mal n'épargne aucune corporation.
Le duc !
Monseigneur ! Je vous ai fait prévenir, mais j'ignorais que vous viendriez à la morgue...
Je... j'aurais tenté de rendre présentable ce malheureux.
Maître di Rodrigo était de mes proches, j'ai accouru dès que j'ai appris l'épouvantable nouvelle.
Et vous êtes venu aussi, mon ami. J'ignorais que vous connaissiez di Rodrigo.
Je ne le connaissais pas. Le prévôt m'a juste demandé de donner mon avis. Il m'a fait l'honneur de penser que mes facultés d'observation lui seraient appréciables.
Seigneur ! Comment un homme peut-il commettre une chose si abjecte ?
Ce drame va se répandre dans la ville avec un vent de panique.
C'est pourquoi vous devez vous acharner sur cette enquête. S'il vous faut de l'argent, des hommes, n'importe quel moyen, je répondrai favorablement à toutes vos demandes. Trouvez ce monstre. Trouvez-le vite, Vittore !
18

Il est temps que tu t'en ailles, Salaï. Et ne crains rien... Évite seulement de te saouler car tu ne maîtrises plus ta langue dans ces moments-là.
Je te le promets. Ce corbeau tout noir de prévôt me fiche la chair de poule.
Ne lui donne pas l'occasion de te mettre la main au collet. Léonard subvient à tous tes besoins, pourquoi ne cesses-tu pas tes chapardages ?
À chacun son art !
Mon talent est bien maigre, mais je l'exerce avec la conscience d'un bon ouvrier ! Je te jure cependant de me calmer de ce côté-là.
Il y eut un long sanglot. Une plainte qui emplit la maison, pareille à un miaulement de détresse. Le malheur inconsolable d'une âme brisée.
19

Je me ferai un plaisir de vous ramener, Léonard. Nous prendrons le temps de parler des deux œuvres que je vous ai commandées.
J'y travaille, Monseigneur. Je m'apprête d'ailleurs à passer sous peu au couvent Santa Maria delle Grazie...
Et ce monumental cheval en bronze qui doit magnifier le tombeau de mon père ?
La fonte, Monseigneur ! La fonte... Je veux que votre père, le duc Francesco, chevauche un animal cabré. Le tout en une seule pièce. Je vous assure que l'affaire me pose problème.
J'ai rencontré les meilleurs ingénieurs de nos fonderies et interrogé les maîtres des arsenaux... J'en suis arrivé à la conclusion que je devais trouver un nouvel alliage.
Je crains que vous ne vous dispersiez trop, mon ami. De plus, je vous sollicite régulièrement pour organiser les mises en scène de mes fêtes.
Quant à vous, prévôt, lancez-vous sans tarder sur les traces de ce... ce "voleur de visage" ! Ou, sinon, nul ne sourira jamais plus dans cette ville. Mes fêtes ne seront alors que de piteuses et morbides mascarades !
Je vais commencer par fouiller dans l'entourage de maître Christoforo di Rodrigo... Il me faut bien un point de départ pour mon enquête !
C'est plutôt dans les asiles que je devrais chercher ! Parmi les fous !
20

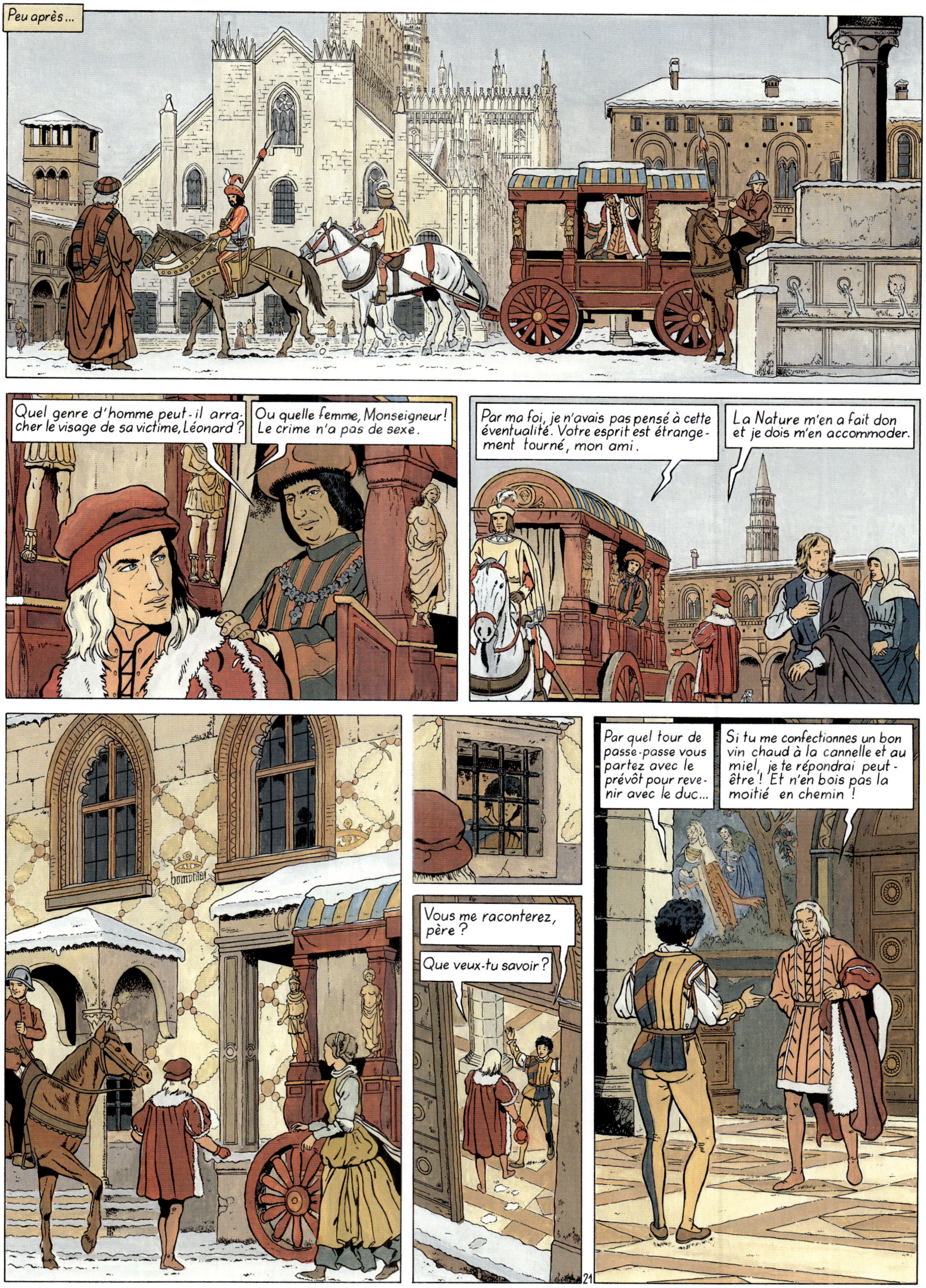
Peu après...
Quel genre d'homme peut-il arracher le visage de sa victime, Léonard ?
Ou quelle femme, Monseigneur ! Le crime n'a pas de sexe.
Par ma foi, je n'avais pas pensé à cette éventualité. Votre esprit est étrangement tourné, mon ami.
La Nature m'en a fait don et je dois m'en accommoder.
Vous me raconterez, père ?
Que veux-tu savoir ?
Par quel tour de passe-passe vous partez avec le prévôt pour revenir avec le duc...
Si tu me confectionnes un bon vin chaud à la cannelle et au miel, je te répondrai peut-être ! Et n'en bois pas la moitié en chemin !

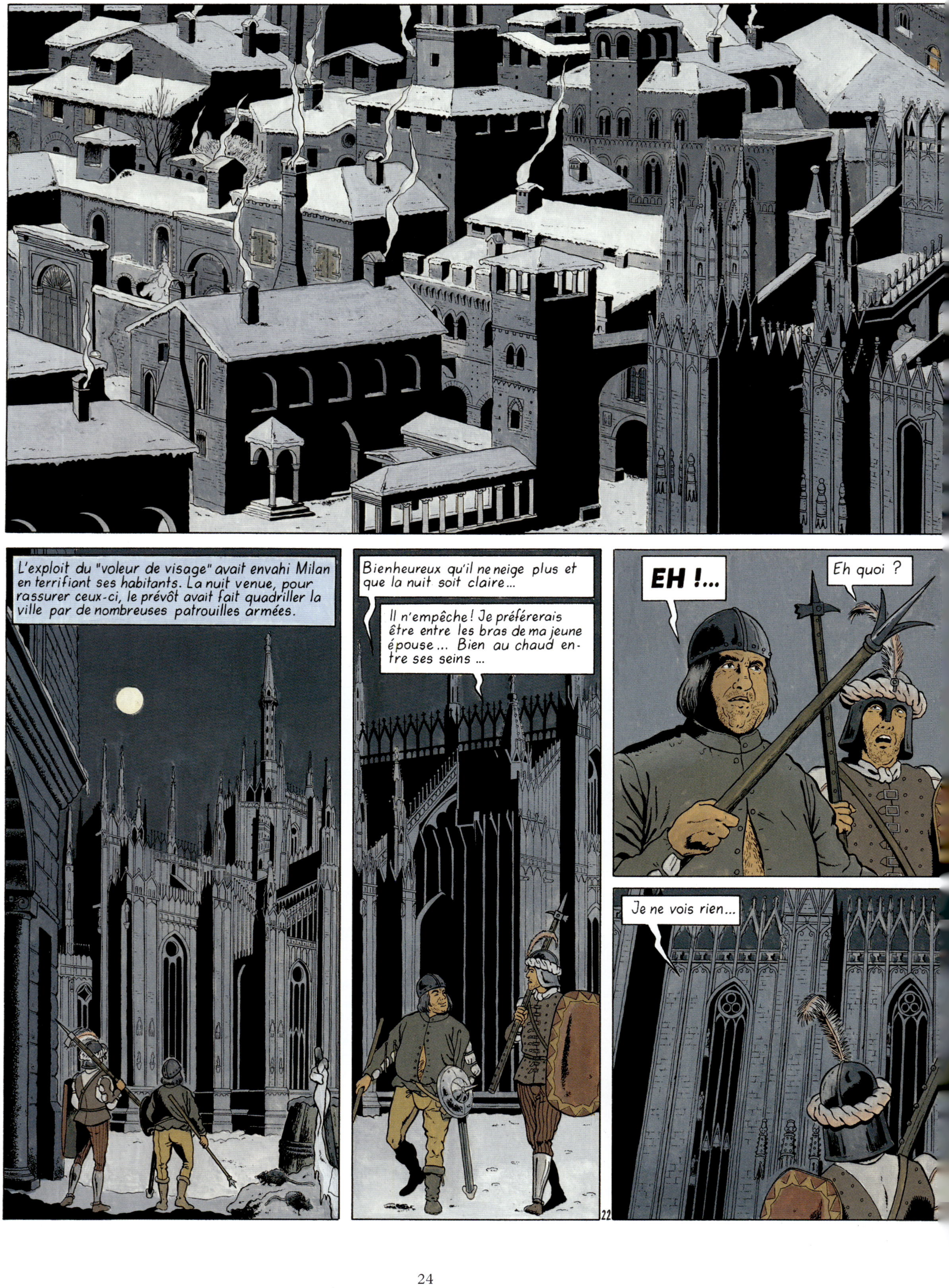

L'exploit du "voleur de visage" avait envahi Milan en terrifiant ses habitants. La nuit venue, pour rassurer ceux-ci, le prévôt avait fait quadriller la ville par de nombreuses patrouilles armées.
Bienheureux qu'il ne neige plus et que la nuit soit claire...
Il n'empêche! Je préférerais être entre les bras de ma jeune épouse... Bien au chaud entre ses seins ...
22
EH !...
Eh quoi ?
Je ne vois rien...

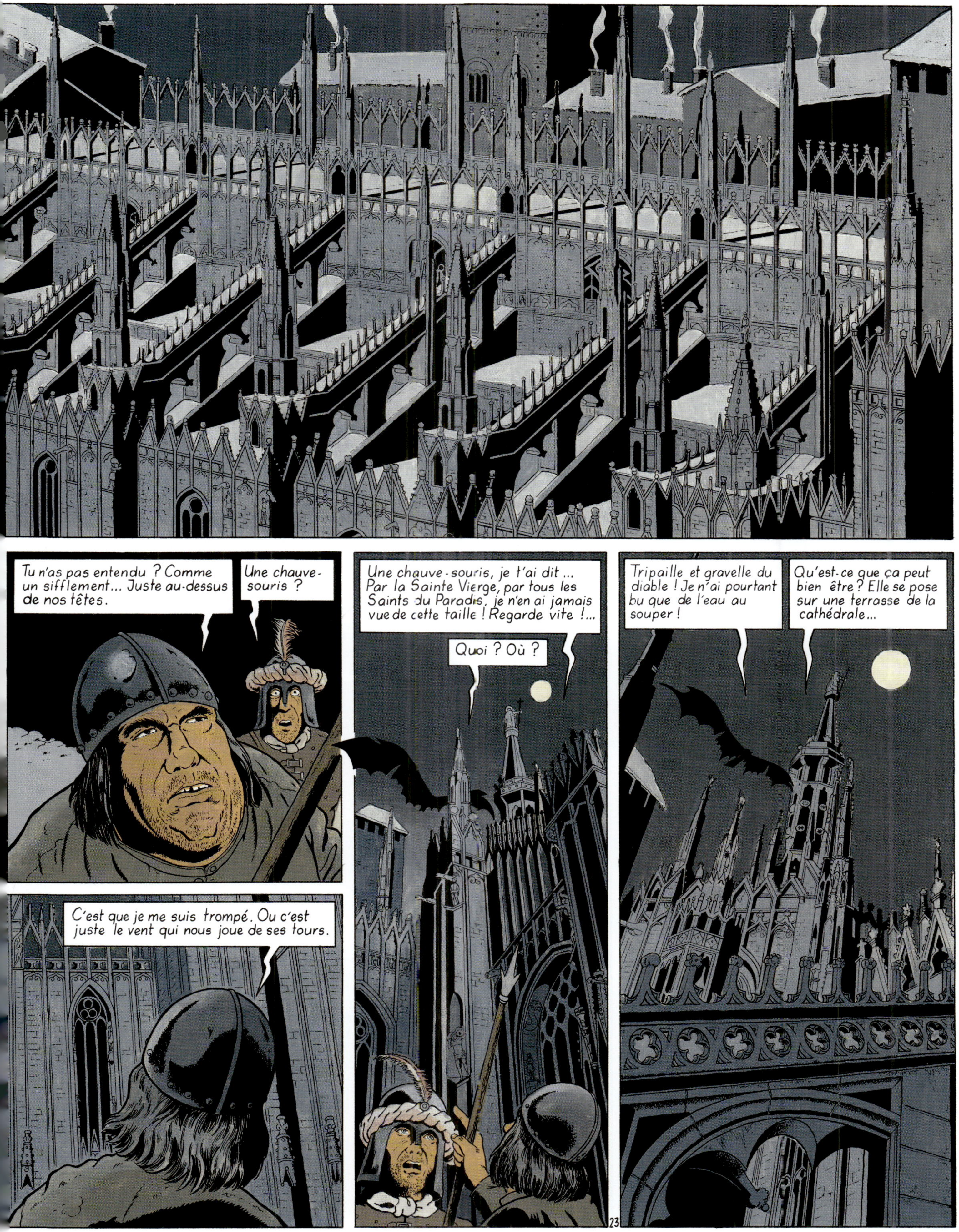

Tu n'as pas entendu ? Comme un sifflement... Juste au-dessus de nos têtes.
Une chauve-souris ?
C'est que je me suis trompé. Ou c'est juste le vent qui nous joue de ses tours.
Une chauve-souris, je t'ai dit... Par la Sainte Vierge, par tous les Saints du Paradis, je n'en ai jamais vue de cette taille ! Regarde vite !...
Quoi ? Où ?
Tripaille et gravelle du diable ! Je n'ai pourtant bu que de l'eau au souper !
Qu'est-ce que ça peut bien être ? Elle se pose sur une terrasse de la cathédrale...

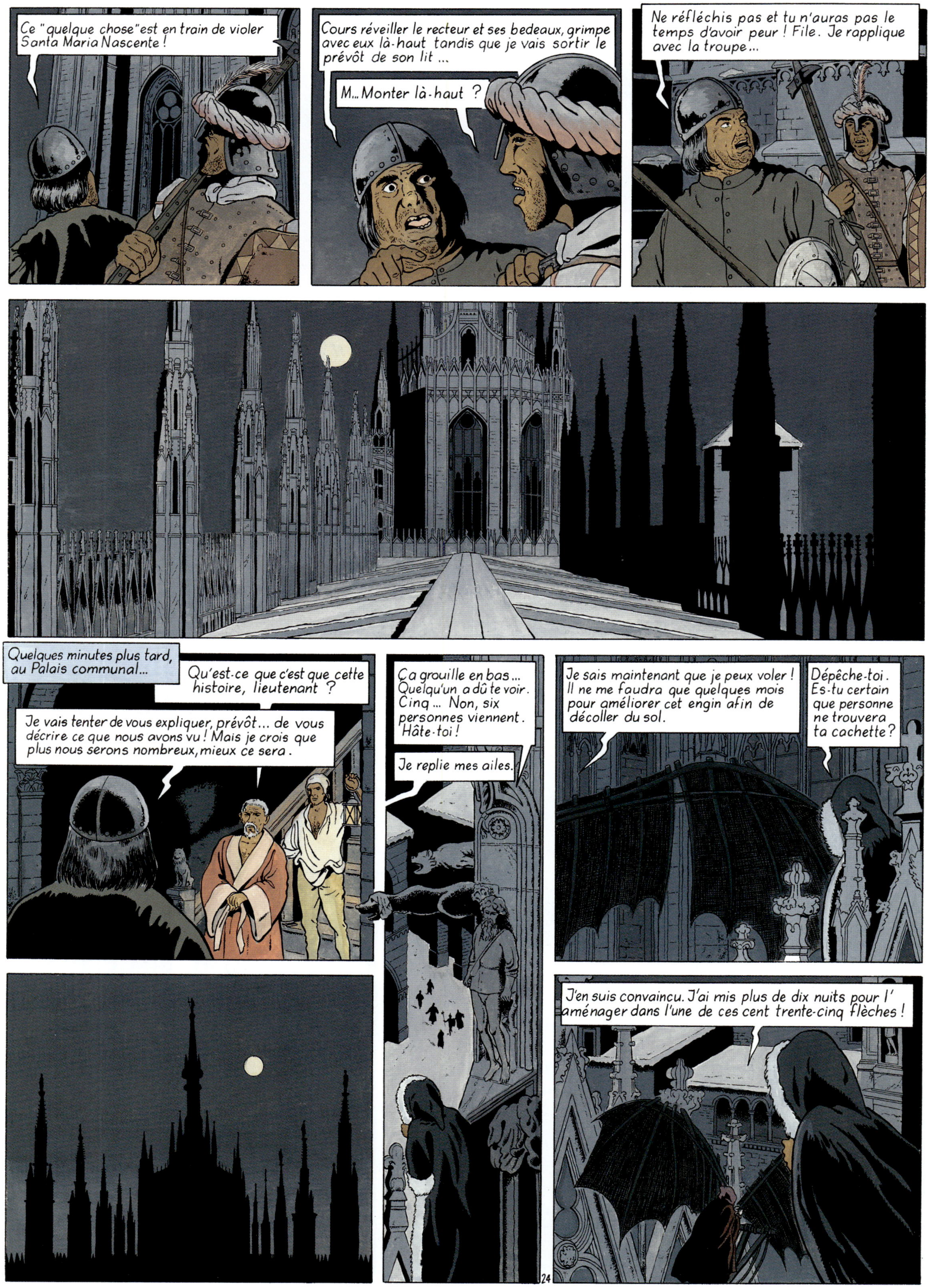
Ce "quelque chose" est en train de violer Santa Maria Nascente !
Cours réveiller le recteur et ses bedeaux, grimpe avec eux là-haut tandis que je vais sortir le prévôt de son lit ...
M... Monter là-haut ?
Ne réfléchis pas et tu n'auras pas le temps d'avoir peur ! File. Je rapplique avec la troupe...
Quelques minutes plus tard, au Palais communal...
Qu'est-ce que c'est que cette histoire, lieutenant ?
Je vais tenter de vous expliquer, prévôt... de vous décrire ce que nous avons vu ! Mais je crois que plus nous serons nombreux, mieux ce sera.
Ça grouille en bas... Quelqu'un a dû te voir. Cinq... Non, six personnes viennent. Hâte-toi !
Je replie mes ailes.
Je sais maintenant que je peux voler ! Il ne me faudra que quelques mois pour améliorer cet engin afin de décoller du sol.
Dépêche-toi. Es-tu certain que personne ne trouvera ta cachette ?
J'en suis convaincu. J'ai mis plus de dix nuits pour l'aménager dans l'une de ces cent trente-cinq flèches !
24

Je vous assure, un énorme oiseau... tout noir ! Avec de grandes ailes. Enormes !
Mais vous m'avez dit ne l'avoir vu que deux à trois secondes !
Trois secondes ont suffi, je vous l'assure, recteur.
M'hm, en pleine nuit, à cette hauteur...
Tu ne bouges pas d'ici et tu attends le prévôt, Lorenzo. Tu le corduiras par cet escalier.
Oui, oui, si une créature monstrueuse ne m'a pas dévoré avant !
Voyez-vous, Menanzzo, je repense soudain à ce que nous a dit ce jeune vagabond, ce matin... Au sujet du monstre sorti du canal !
Auquel il aurait poussé des ailes? Allons, prévôt, je pense plutôt que la ville est devenue hystérique depuis cet épouvantable crime!
Il en vient de partout ! Et nombreux, cette fois.
C'est fait. Nous pouvons redescendre.
Pas d'inquiétude, mon ange. J'ai pratiqué maints repérages et pris l'empreinte de nombreuses serrures. Je dispose d'un trousseau de clés suffisant pour fausser compagnie à ces gêneurs.
Par ici !
Suivez-moi ... Je suis terriblement inquiet, le recteur a pris beaucoup d'avance sur vous, prévôt. S'il tombait sur ce monstre ...
À condition que ce ne soit pas un mirage. Mais pressons le pas cependant.
25

Le prévôt ne tardera pas, il serait plus prudent de traquer votre "apparition" en force...
Par ma foi, c'est une sage décision, recteur. Faisons juste quelques pas pour jeter un oeil.
Là-bas ! Deux ombres !
Nettement humaines, il ne s'agit plus de monstre !
Nous avons été repérés !
Je sais... Je les ai vus.
Nous avons le temps.
Léonard, donne-moi la main, ce toit est terriblement glissant.
NON !
26

Nous avons vu quelque chose bouger sur ce toit, là-bas. Deux personnes...
Menanzzo, prenez cinq hommes avec vous et passez par le nord tandis que le reste de la troupe et moi-même tenterons de les arrêter par le sud.
Nous allons refermer nos tenailles sur ces deux ombres.
Personne ne semble penser que la chauve-souris géante pourrait bien avoir son mot à dire !
Le diable ne surgit jamais quand on l'attend, l'ami !
Ils nous talonnent et cherchent à nous enfermer dans une mâchoire. Nous allons devoir passer par la poterne du Scribe.
Pardonne ma maladresse. Que penserait le duc si l'on te découvrait ici ?

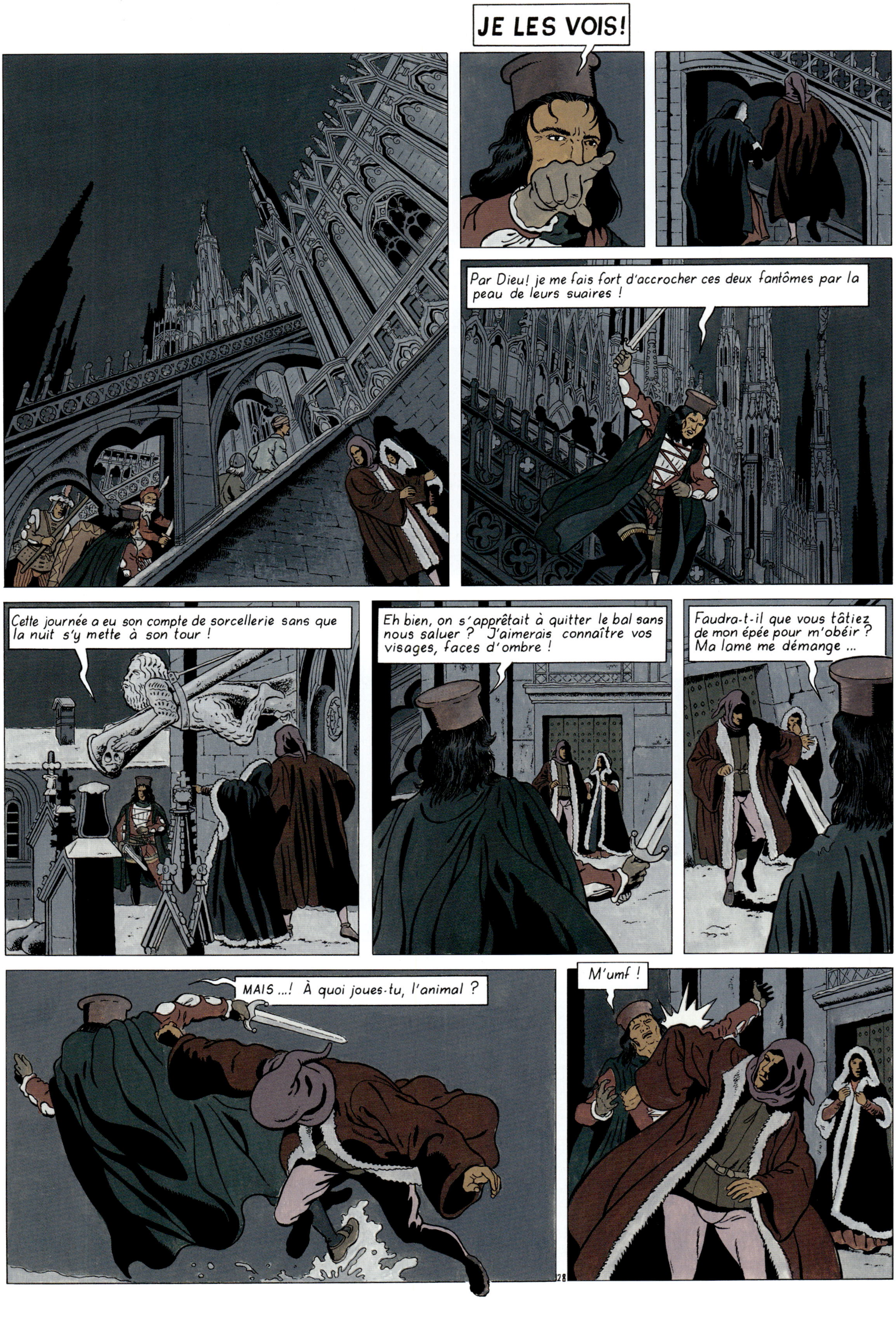
JE LES VOIS!
Par Dieu! je me fais fort d'accrocher ces deux fantômes par la peau de leurs suaires !
Cette journée a eu son compte de sorcellerie sans que la nuit s'y mette à son tour !
Eh bien, on s'apprêtait à quitter le bal sans nous saluer ? J'aimerais connaître vos visages, faces d'ombre !
Faudra-t-il que vous tâtiez de mon épée pour m'obéir ? Ma lame me démange ...
MAIS ...! À quoi joues-tu, l'animal ?
M'umf !

Ce malheureux ne pouvait pas se douter que je plombe le revers des manches de mes manteaux ! S'il m'avait suivi sur les routes mal fréquentées, il l'aurait su ! Viens, nous sommes sauvés.
Menanzzo, vous reprenez vos esprits ? Que s'est-il passé ?
Ah, prévôt... Le drôle m'a surpris... Juste un coup de manche... et j'étais hors de combat !
Vous voulez dire que l'un des inconnus avait cousu des morceaux de plomb dans ses manches ? Comme le pratiquent certains moines pèlerins pour répondre aux brigands des chemins ?
Oui... Et le bougre a visé net. Je n'ai jamais vu un adversaire agir aussi vivement.
Ils s'apprêtaient à passer cette poterne... Le plus grand des deux disposait d'un trousseau. Je gage qu'il avait toutes les clés nécessaires...
Les canailles ! Le temps d'enfoncer cette porte et ils seront loin.
Deux inconnus et un oiseau géant sur Santa Maria Nascente... Maudite nuit de sabbat ! Quel rapport vais-je bien pouvoir faire au duc ?...
Je lui donnerais mille fois raison de me prendre pour un fou !
29

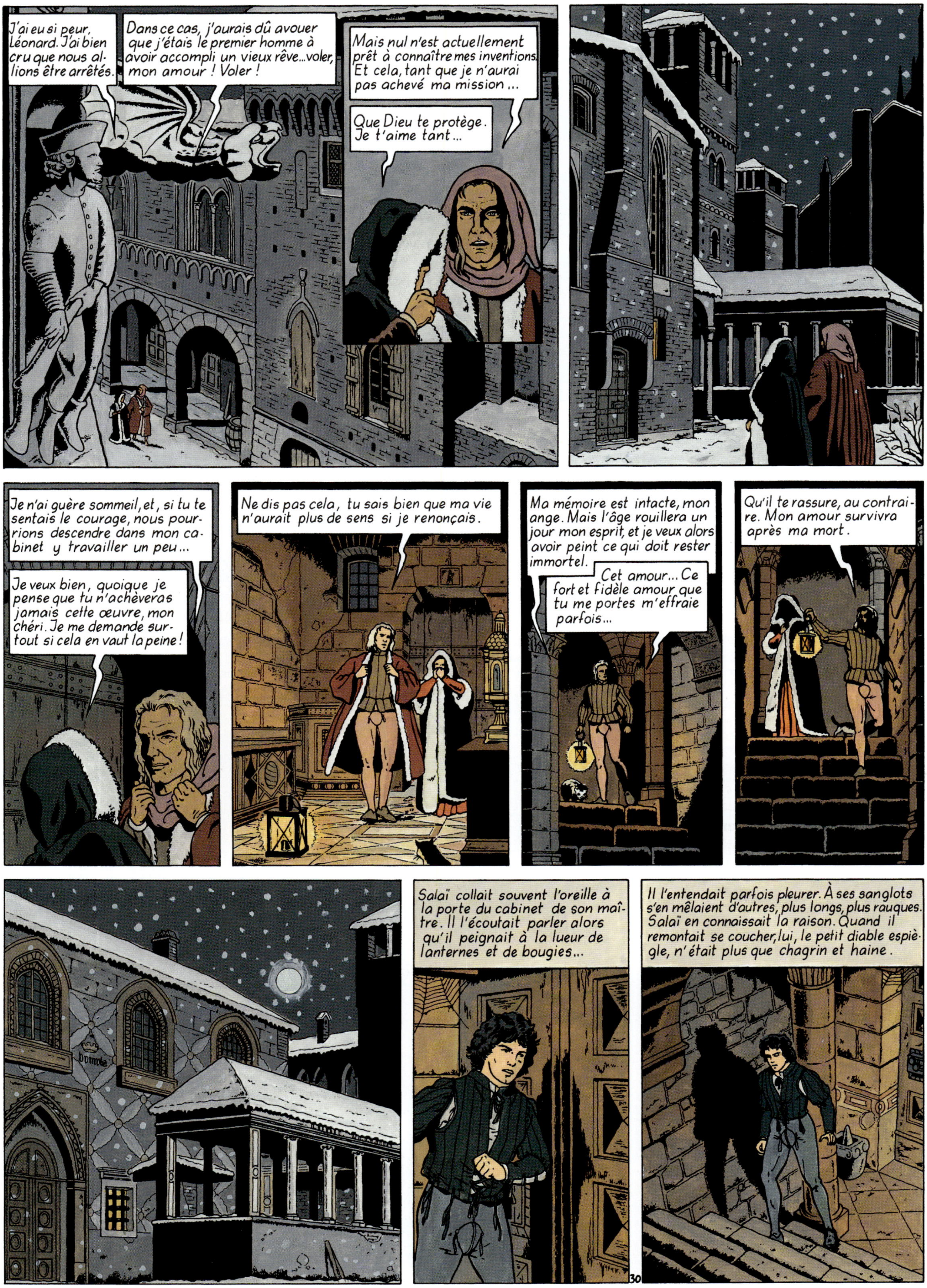
J'ai eu si peur, Léonard. J'ai bien cru que nous allions être arrêtés.
Dans ce cas, j'aurais dû avouer que j'étais le premier homme à avoir accompli un vieux rêve... voler, mon amour ! Voler !
Mais nul n'est actuellement prêt à connaître mes inventions. Et cela, tant que je n'aurai pas achevé ma mission...
Que Dieu te protège. Je t'aime tant...
Je n'ai guère sommeil, et, si tu te sentais le courage, nous pourrions descendre dans mon cabinet y travailler un peu...
Je veux bien, quoique je pense que tu n'achèveras jamais cette œuvre, mon chéri. Je me demande surtout si cela en vaut la peine !
Ne dis pas cela, tu sais bien que ma vie n'aurait plus de sens si je renonçais.
Ma mémoire est intacte, mon ange. Mais l'âge rouillera un jour mon esprit, et je veux alors avoir peint ce qui doit rester immortel.
Cet amour... Ce fort et fidèle amour que tu me portes m'effraie parfois...
Qu'il te rassure, au contraire. Mon amour survivra après ma mort.
Salaï collait souvent l'oreille à la porte du cabinet de son maître. Il l'écoutait parler alors qu'il peignait à la lueur de lanternes et de bougies...
Il l'entendait parfois pleurer. À ses sanglots s'en mêlaient d'autres, plus longs, plus rauques. Salaï en connaissait la raison. Quand il remontait se coucher, lui, le petit diable espiègle, n'était plus que chagrin et haine.
30

Le roi de France, Charles VIII, poursuivait sa conquête de l'Italie. Il était déjà entré dans Florence, Pise, Sienne et Rome.
À Milan, les bruits de guerre et de reddition faisaient oublier le "voleur de visage". Ce 24 février 1495, au château des Sforza...
COMBIEN ? Combien, maître Léonard ?
Mille cinq cents quintaux, Seigneur. C'est la quantité de bronze que je coulerai dans le moule du Cavalier qui surmontera le tombeau de votre père.
Mais c'est colossal, Léonard ! Décidément vous êtes un homme de démesure. Donnez-moi le temps de réfléchir. Pour l'heure, j'ai l'esprit ailleurs...
Je comprends. L'avancée des Français vous préoccupe.
En effet Naples, pour se débarrasser des Aragon, vient de s'offrir à eux. Je n'ai aucune confiance en la fragile alliance que j'ai passée avec Charles VIII... Louis d'Orléans, ce rejeton des Visconti, le pousse à convoiter aussi le duché de Milan.
La Ligue, Monseigneur...
Oui ?
Adhérez à la Ligue qui se forme contre les Français, rejoignez la République de Venise, le pape Alexandre, Maximilien d'Autriche et Ferdinand d'Aragon.
J'y songeais... Car je peux bien vous l'avouer, mon ami, je redoute l'artillerie française avec ses nombreuses pièces qui tirent des obus en fonte.
C'est grâce à elle que Mordano est tombée en octobre et que tous ses habitants ont été massacrés.
Je dois vous dire autre chose, Léonard...
Vous pouvez parler en confiance.
31
L'accord avec Charles m'a coûté fort cher. Ce petit roi versatile est gourmand ! De plus, les travaux de rénovation que j'ai entrepris dans cette ville ont asséché mes fonds.
Et mon cavalier est... démesuré !

Le bronze ! Combien de canons et de couleuvrines pourrais-je fondre avec Mille cinq cents quintaux de bronze ?
Je l'ignore, Monseigneur. Je n'aurai pas le cœur à faire le calcul.
Des canons ! Si le duc avait mieux su gérer ses ducats, nous n'en serions pas là. Des canons ! Mon bronze pour des bombardes ! ...
Vous avez l'air de méchante humeur, père.
Car je le suis vraiment, Salaï. Les princes sont de petites choses que les grandes œuvres dépassent.
Que fais-tu là, au fait ?
Donne...
Deux inconnus sont passés au palais remettre ce pli scellé en me disant qu'il était urgent que vous en preniez connaissance.
Je me suis dit que vous auriez peut-être l'intention de vous promener après votre entrevue avec le duc et j'ai couru pour...
C'est bon, Salaï. Tu as bien fait.
Tu peux rentrer, maintenant. Retourne à tes études et ne t'arrête pas en chemin pour chaparder aux étals.
Vous ne m'accompagnez pas ?
Je vais marcher un peu, cet air frais et pur m'apaisera sans doute. Allez, file.
32

Enfin...
"Messagers à L.V. Église San Ambrogio pour communication importante".
33

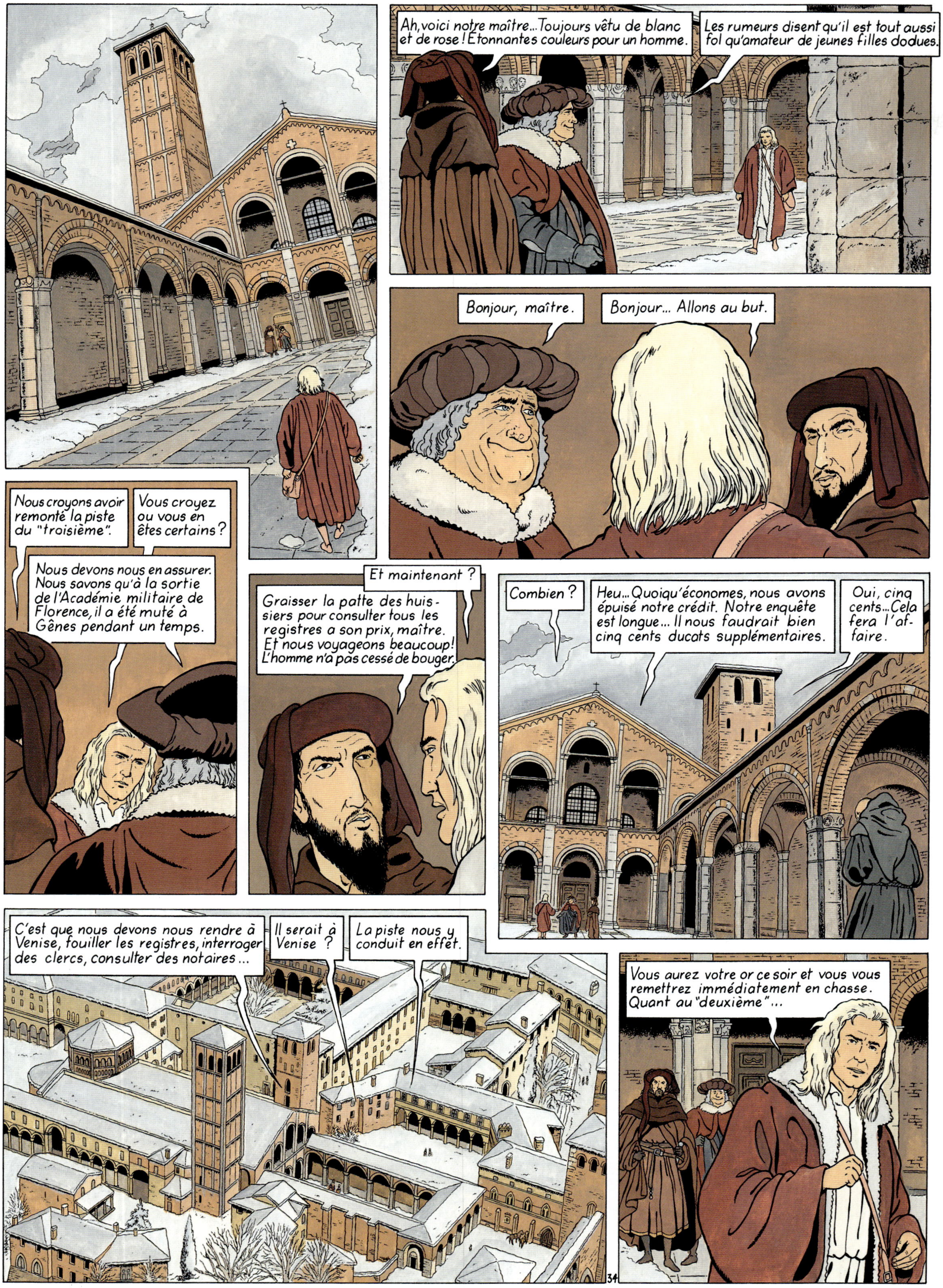
Ah, voici notre maître... Toujours vêtu de blanc et de rose ! Étonnantes couleurs pour un homme.
Les rumeurs disent qu'il est tout aussi fol qu'amateur de jeunes filles dodues.
Bonjour, maître.
Bonjour... Allons au but.
Nous croyons avoir remonté la piste du "troisième".
Vous croyez ou vous en êtes certains ?
Nous devons nous en assurer. Nous savons qu'à la sortie de l'Académie militaire de Florence, il a été muté à Gênes pendant un temps.
Et maintenant ?
Graisser la patte des huissiers pour consulter tous les registres a son prix, maître. Et nous voyageons beaucoup ! L'homme n'a pas cessé de bouger.
Combien ?
Heu... Quoiqu'économes, nous avons épuisé notre crédit. Notre enquête est longue... Il nous faudrait bien cinq cents ducats supplémentaires.
Oui, cinq cents... Cela fera l'affaire.
C'est que nous devons nous rendre à Venise, fouiller les registres, interroger des clercs, consulter des notaires...
Il serait à Venise ?
La piste nous y conduit en effet.
Vous aurez votre or ce soir et vous vous remettrez immédiatement en chasse. Quant au "deuxième"...
34

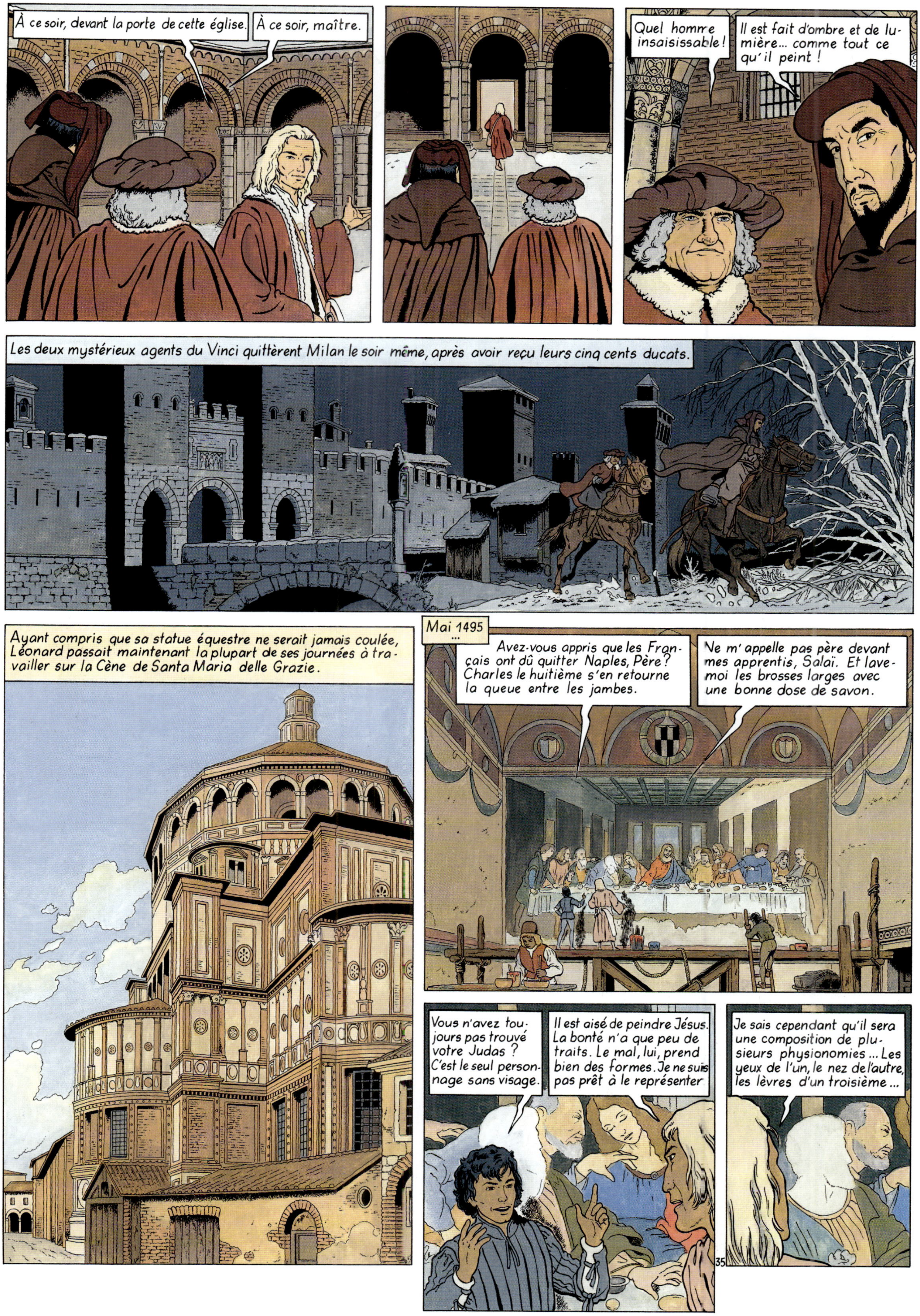
À ce soir, devant la porte de cette église.
À ce soir, maître.
Quel homme insaisissable !
Il est fait d'ombre et de lumière... comme tout ce qu'il peint !
Les deux mystérieux agents du Vinci quittèrent Milan le soir même, après avoir reçu leurs cinq cents ducats.
Ayant compris que sa statue équestre ne serait jamais coulée, Léonard passait maintenant la plupart de ses journées à travailler sur la Cène de Santa Maria delle Grazie.
Mai 1495 ...
Avez-vous appris que les Français ont dû quitter Naples, Père ? Charles le huitième s'en retourne la queue entre les jambes.
Ne m'appelle pas père devant mes apprentis, Salaï. Et lave-moi les brosses larges avec une bonne dose de savon.
Vous n'avez toujours pas trouvé votre Judas ? C'est le seul personnage sans visage.
Il est aisé de peindre Jésus. La bonté n'a que peu de traits. Le mal, lui, prend bien des formes. Je ne suis pas prêt à le représenter.
Je sais cependant qu'il sera une composition de plusieurs physionomies ... Les yeux de l'un, le nez de l'autre, les lèvres d'un troisième ...

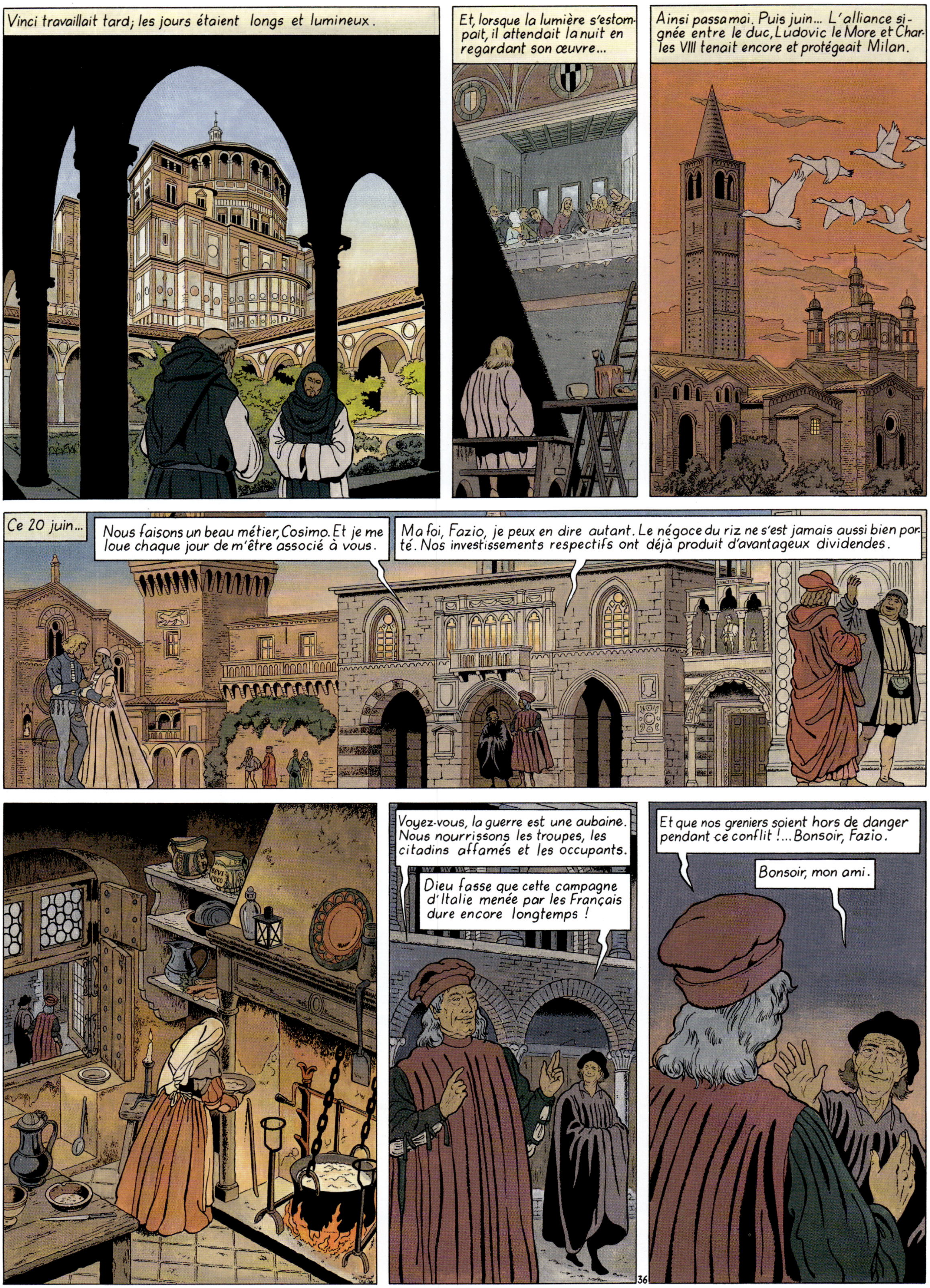
Vinci travaillait tard; les jours étaient longs et lumineux.
Et, lorsque la lumière s'estompait, il attendait la nuit en regardant son œuvre...
Ainsi passa mai. Puis juin... L'alliance signée entre le duc, Ludovic le More et Charles VIII tenait encore et protégeait Milan.
Ce 20 juin...
Nous faisons un beau métier, Cosimo. Et je me loue chaque jour de m'être associé à vous.
Ma foi, Fazio, je peux en dire autant. Le négoce du riz ne s'est jamais aussi bien porté. Nos investissements respectifs ont déjà produit d'avantageux dividendes.
Voyez-vous, la guerre est une aubaine. Nous nourrissons les troupes, les citadins affamés et les occupants.
Dieu fasse que cette campagne d'Italie menée par les Français dure encore longtemps !
Et que nos greniers soient hors de danger pendant ce conflit !... Bonsoir, Fazio.
Bonsoir, mon ami.

Mais... !

C'est impossible... IMPOSSIBLE !
POUR L'AMOUR DE DIEU, À L'AIDE ! À L'AIDE ! À L'AIDE !
À L'AIDE !
N'as-tu pas entendu crier, Antino ? On aurait cru la voix de ton père.
En effet... Cela venait de la place.
SEIGNEUR !

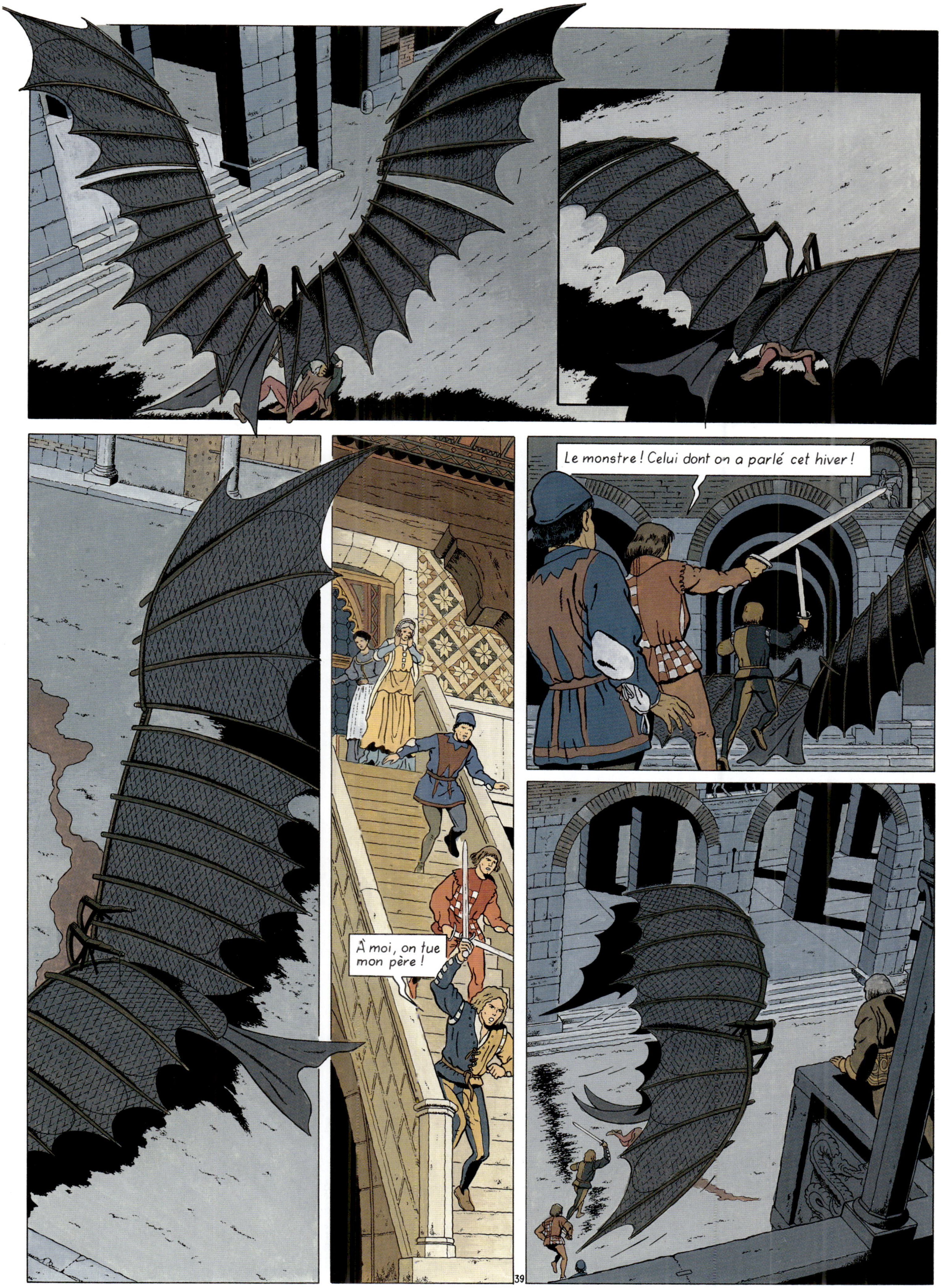
À moi, on tue mon père !
Le monstre ! Celui dont on a parlé cet hiver !
39

Notre maître ne bouge plus et baigne dans son sang...
Pour sûr, nous arrivons trop tard. Cette saloperie de chose a fait son œuvre...
Antino ! Dis-moi...
Oh, père !
La bestiole lui a dévoré la face !
Non, n'approche pas, maman. Je t'en prie, reste où tu es.
Votre fils a raison, madame... Il est préférable que vous ne regardiez pas. Je vais vous reconduire... Venez.
Là... Pourquoi cette créature s'en est-elle prise à mon père ?
40

Vite... Aide-moi à me défaire de ces harnais qui me brisent les reins. J'ai bien cru que je ne parviendrais pas à reprendre mon vol !
C'est insensé ! Tu as pris un trop grand risque !
Tu es couvert de sang. Tu as donc réussi ?...
Une bien vilaine besogne en vérité.
J'ai dû me hâter; Vollone s'est débattu et je m'y suis repris à plusieurs fois pour atteindre son cœur avant de ...
Je comprends. C'est fini. Tu lui as volé son visage et c'est ce qui importait.
Nous en avons terminé avec lui. Mais il reste les deux autres.

Vite, vite ... Ne laissons aucune trace de cette machine.
Quel grand dommage !
Tu crains le prévôt, n'est-ce pas?
En effet. L'homme est intelligent et ne se contentera pas de gober les fables que les bonnes gens prennent pour argent comptant.
"Le voleur de visage" semble choisir ses victimes. Après un riche notaire, le voici qui défigure le plus gros négociant de la ville !
Pardi, votre remarque est juste !
Sans doute, mais elle n'explique pas pourquoi ce monstre emporte le visage de ses proies avec lui ...
Le prévôt Vittore ne va plus tarder... Je n'aimerais pas être à sa place ; sa première enquête n'a rien donné.
Et celle-ci s'annonce tout aussi mal.
42

Le prévôt Vittore arriva rapidement sur les lieux du crime. Il s'était fait accompagner de son lieutenant Menanzzo et de ses deux médecins légistes.
Messer ... Nous sommes plusieurs à l'avoir vue ... Cela ressemblait à une chauve-souris géante.
Du calme. Êtes-vous de la famille ?
Je suis son fils. J'ai fait au plus vite avec deux valets, mais la bête venait d'achever son carnage et...
Mes sincères condoléances, mon ami. Maintenant, laissez-moi approcher de la victime.
Seigneur ! Comment s'habituer à une telle horreur ?
Il s'agit bien du même tueur. Tantôt il nage, tantôt il vole !
Que l'on porte ce malheureux chez lui pour que nous puissions l'examiner dans de meilleures conditions !
Et nous priverons ainsi tous ces curieux d'un spectacle peu ragoûtant !
Nous prendrons le temps nécessaire pour traquer les "autres". J'y consacrerai ma vie. Je suis déjà sur la piste du troisième.

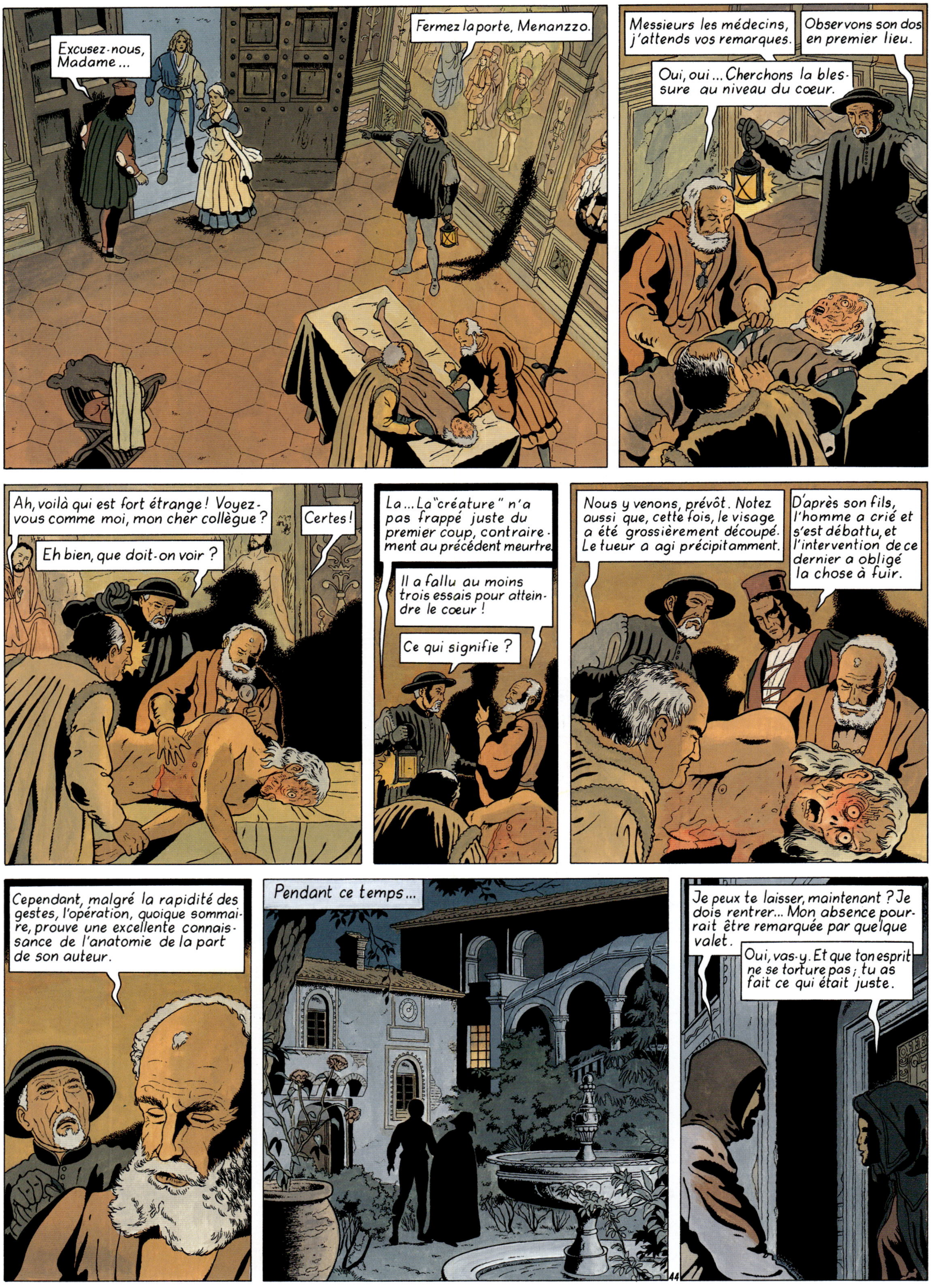
Excusez-nous, Madame...
Fermez la porte, Menanzzo.
Messieurs les médecins, j'attends vos remarques.
Observons son dos en premier lieu.
Oui, oui... Cherchons la blessure au niveau du cœur.
Ah, voilà qui est fort étrange ! Voyez-vous comme moi, mon cher collègue ?
Certes !
Eh bien, que doit-on voir ?
La... La "créature" n'a pas frappé juste du premier coup, contrairement au précédent meurtre.
Il a fallu au moins trois essais pour atteindre le cœur !
Ce qui signifie ?
Nous y venons, prévôt. Notez aussi que, cette fois, le visage a été grossièrement découpé. Le tueur a agi précipitamment.
D'après son fils, l'homme a crié et s'est débattu, et l'intervention de ce dernier a obligé la chose à fuir.
Cependant, malgré la rapidité des gestes, l'opération, quoique sommaire, prouve une excellente connaissance de l'anatomie de la part de son auteur.
Pendant ce temps...
44
Je peux te laisser, maintenant ? Je dois rentrer... Mon absence pourrait être remarquée par quelque valet.
Oui, vas-y. Et que ton esprit ne se torture pas ; tu as fait ce qui était juste.

La justice... elle avait un goût de sang. Du sang de Cosimo Vollone qui avait souillé sa chemise et lui tiédissait la peau.
Il n'avait plus qu'une envie... Se défaire de son linge taché et se laver... A s'en arracher la chair.
Avez-vous remarqué ...? Ces griffures me posent problème. Elles auraient pu être faites par un animal !
C'est en effet une probabilité que nous pouvons envisager.
M'hm... Croire en un griffon géant ou n'importe quelle autre créature de ce genre ne m'apparaît pas très scientifique, messeri !
Certes... Il n'empêche que ...
N'importe quel instrument aurait pu laisser de telles marques. Je ne veux pas admettre qu'elles aient été causées par des griffes.

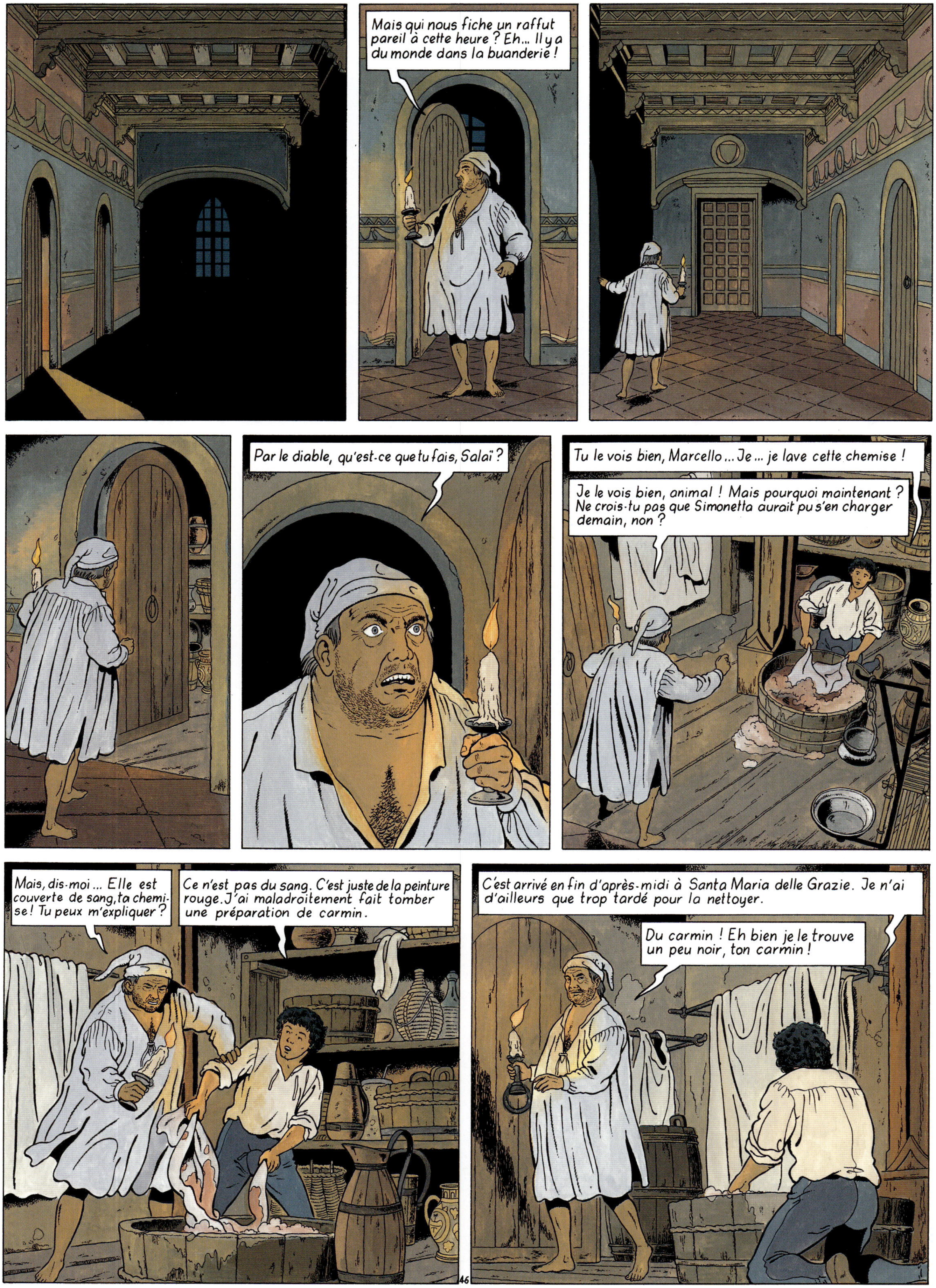
Mais qui nous fiche un raffut pareil à cette heure ? Eh... Il y a du monde dans la buanderie !
Par le diable, qu'est-ce que tu fais, Salaï ?
Tu le vois bien, Marcello ... Je ... je lave cette chemise !
Je le vois bien, animal ! Mais pourquoi maintenant ? Ne crois-tu pas que Simonetta aurait pu s'en charger demain, non ?
Mais, dis-moi ... Elle est couverte de sang, ta chemise ! Tu peux m'expliquer ?
Ce n'est pas du sang. C'est juste de la peinture rouge. J'ai maladroitement fait tomber une préparation de carmin.
C'est arrivé en fin d'après-midi à Santa Maria delle Grazie. Je n'ai d'ailleurs que trop tardé pour la nettoyer.
Du carmin ! Eh bien je le trouve un peu noir, ton carmin !

Serez-vous en mesure d'établir un rapport pour demain matin, messeri ?
Le plus précisément possible, prévôt. Et cette fois sans l'aide de maître Léonard.
Dans ce cas, recouvrons ce malheureux et laissons-le à sa famille. Sortons tous, messers.
Vous ne venez pas, prévôt?
J'arrive, Menanzzo. Allez de l'avant, je vous rejoins.
Ces médecins sont des ânes. Ils n'ont pas remarqué que cet homme a le poing droit fermé, comme anormalement crispé.
Enfin... Mon premier indice !
Un morceau de tissu épais ...
Noir... Comme une aile de chauve-souris !
47

Prévôt, jurez-moi de tout mettre en œuvre pour élucider le meurtre de mon père.
Je ferai mon métier. Je n'ai guère d'imagination et ne verse pas dans les fantasmagories. Mais je suis quelqu'un d'opiniâtre.
Je vous assure que je résoudrai cette double affaire. Je n'oublie pas non plus l'assassinat de maître di Rodrigo.
Possédez-vous déjà une piste ?
Disons que je cours actuellement derrière une ombre qui adopte d'étonnantes formes pour perpétrer ses crimes.
Au même instant...
Je ne parvenais pas à dormir. Je me doutais que tu étais dans ton atelier et que tu m'entendrais frapper à l'huis.
Entre vite.
48
Excuse-moi, tu étais occupé. Tu recherches le visage infâme de ton Judas, n'est-ce pas ?
Oui. J'ai déjà ses yeux, son nez... Je dois trouver ses lèvres, son menton...

Le prieur de Santa Maria delle Grazie a beau s'impatienter et se plaindre au duc de la lenteur que tu mets à achever ta fresque, tu ne la termineras que...
Que lorsque je serai certain d'avoir cerné le Mal véritable.
Nous savons tous les deux qu'il existe, mon ange. Il est en chacun de nous, mais ne se développe, telle une tumeur, que chez certains...
Oui, en chacun de nous. Et nous en souffrons comme d'une lèpre.
Je l'ai vu... J'ai vu ses yeux. Ceux du Mal. De sa cruauté, de son obscène plaisir ! Je le connais tant. Il hante toutes mes nuits.
On peut guérir de cette maladie. Mon amour te sauvera.
Le lendemain matin, au palais ducal...
Deux meurtres identiques en quelques mois ! Le massacre de deux citoyens respectables et toute la ville qui se remet à trembler ! Où en êtes-vous, Vittore ?
Je compare justement ces deux crimes, monseigneur.
Pour en tirer quelles conclusions ?
Le mode opératoire, monseigneur : même arme pour percer le cœur, même acharnement à défigurer la victime...
Comment expliquez-vous que le tueur sorte la première fois du canal Martasena et jaillisse du ciel la seconde fois ?
Je ne l'explique pas. Je me contente actuellement de le constater.
Je ne vous paye pas pour constater, Vittore ! Je vous paye pour TROUVER !
Oui, monseigneur. Permettez-moi de penser que les solutions proviennent souvent de la qualité de certaines observations.
49

M'hm... À votre tête, je peux déduire que le duc s'est montré fort mécontent.
Vous avez raison, Menanzzo. Il n'a pas pris une minute pour jeter un oeil sur mon rapport.
Mais je peux m'estimer heureux : il n'a pas parlé de révocation ! À dire vrai, je comprends son impatience.
Notre enquête sur l'entourage de Christoforo di Rodrigo n'a rien donné.
Je gage que les investigations que nous allons faire sur Cosimo Vollone se solderont de la même manière.
Ma foi, l'un et l'autre étaient d'honorables bourgeois qui n'ont même pas été tués pour leur argent !
Fouillez malgré tout dans la famille du négociant tandis que je vais rendre une visite à maître Léonard ; j'ai un nouveau conseil à lui demander.
TOC TOC TOC
Qui est-ce ?
C'est moi, Salaï... Je suis descendu vous prévenir que le prévôt Vittore vous réclame.
50

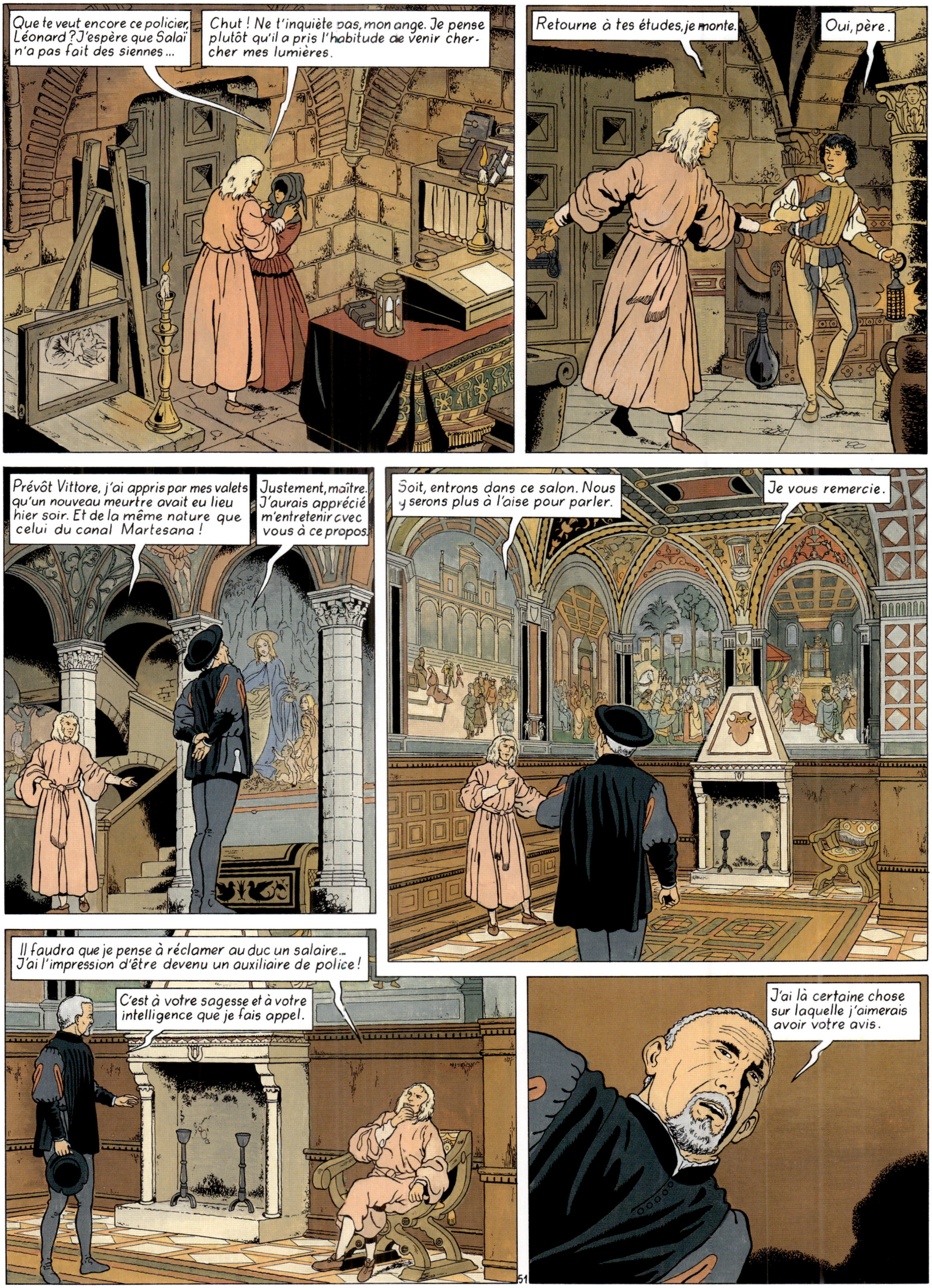
Que te veut encore ce policier, Léonard ? J'espère que Salaï n'a pas fait des siennes...
Chut ! Ne t'inquiète pas, mon ange. Je pense plutôt qu'il a pris l'habitude de venir chercher mes lumières.
Retourne à tes études, je monte.
Oui, père.
Prévôt Vittore, j'ai appris par mes valets qu'un nouveau meurtre avait eu lieu hier soir. Et de la même nature que celui du canal Martesana !
Justement, maître. J'aurais apprécié m'entretenir avec vous à ce propos.
Soit, entrons dans ce salon. Nous y serons plus à l'aise pour parler.
Je vous remercie.
Il faudra que je pense à réclamer au duc un salaire... J'ai l'impression d'être devenu un auxiliaire de police !
C'est à votre sagesse et à votre intelligence que je fais appel.
J'ai là certaine chose sur laquelle j'aimerais avoir votre avis.
51

Tenez... Voulez-vous examiner ceci ?
Donnez.
Regardez, prévôt... On voit nettement les fibres de cette étoffe qui a été grossièrement déchirée. En quoi cela a-t-il de l'importance ?
J'ai trouvé ce morceau de tissu dans la main droite du négociant assassiné. Il l'aura sans doute arraché à son agresseur.
À première vue, je peux avancer qu'il s'agit d'une pièce de tissu... De la toile cirée... Oui, ce n'est pas du cuir, en tout cas !
Cet agresseur... On m'a sans doute raconté des balivernes. Mes valets m'ont parlé d'une chauve-souris géante.
C'est exact, le même monstre que l'on a aperçu voler au-dessus de la cathédrale, cet hiver.
Racontars d'ivrognes !
Au fait, maître... Vous qui êtes un savant mécanicien et un talentueux ingénieur, pensez-vous qu'un homme puisse voler ?
Je ne vous suis pas, prévôt. À ma connaissance, seuls les animaux pourvus d'ailes ont ce privilège.
Naturellement ! Mais si cet homme se munissait d'ailes en... disons en toile cirée, ne parviendrait-il pas à s'arracher du sol ?
Je ne crois pas. J'ai étudié cette possibilité et j'avoue ne pas être parvenu à la résoudre.
Dans ce cas ! Si vous, dont le génie est reconnu par tous, n'avez pas su répondre à ce défi, nul n'a pu y arriver !
Je le crains en effet, prévôt.
Il n'empêche, maître Léonard, que Cossimo Vollone a arraché ce morceau de tissu à la créature qui lui a volé le visage !
52

Donc, sire, si je vous suis bien, le prévôt soupçonnait Léonard.
Lui ou quelqu'un de son entourage. Quelqu'un qui aurait eu accès à ses inventions. Mais à cette époque, Vinci n'avait pas encore dévoilé ses machines.
Je pense néanmoins que le prévôt et Léonard se jaugeaient. Un jeu étrangement subtil venait de s'instaurer entre eux.
A savoir qui bernerait l'autre ?
Tout les opposait. Le prévôt était un homme sévère et strict, Vinci était flamboyant et brûlait sa vie avec lyrisme.
Ils se respectaient cependant et s'appréciaient. Oui, je puis affirmer qu'ils s'estimaient sincèrement.
J'ai hâte de connaître la suite de ce récit, Majesté.
La suite... Elle peut reprendre par l'un des carnets secrets du Vinci où le maître nota : " Le 20 juin 1495, Cosimo Vollone est mort à vingt heures près de son domicile...
... Son visage a été arraché. L'Ange se venge... La Lumière jaillit de l'Ombre."
Ne désirez-vous pas descendre un peu ? Ne serait-ce que pour vous dégourdir les jambes...

**François Ier était loin d'avoir achevé son récit.
Il lui fallait maintenant parler à l'abbé Antoine Pierre des meurtres que le Voleur de Visage avait commis à Venise, puis à Florence...**

Et lui dire enfin pour quel effroyable motif ils avaient été perpétrés.

(À suivre)

www.glenat.com

Dépôt légal : septembre 2008. ISBN : 978-2-7234-5770-2
Achevé d'imprimer en Belgique en août 2008 par Lesaffre.